서른 가족

서툰 가족

우리는
입양가족
오늘도
소란합니다

김혜연 에세이

사과나무

서툰 가족

초판 1쇄 발행   2020년 1월 15일

지은이   김혜연
펴낸곳   도서출판 사과나무
펴낸이   권정자
등록번호   1996년 9월 30일(제11-123)
주소   경기도 고양시 덕양구 충장로 123번길 26, 301-1208
전화   (031) 978-3436
팩스   (031) 978-2835
이메일   bookpd@hanmail.net
블로그   http://blog.naver.com/giruhan
트위터   @saganamubook

ISBN   978-89-6726-041-5 03810

* 값은 뒤표지에 있습니다.
* 이 도서는 제3회 경기 히든작가 공모전 당선작입니다.

이 도서의 국립중앙도서관 출판시도서목록(CIP)은 서지정보유통지원시스템 홈페이지(http://seoji.nl.go.kr)와 국가자료공동목록시스템(http://www.nl.go.kr/kolisnet)에서 이용하실 수 있습니다.(CIP제어번호: CIP2019049784)

아가야, 미안해… 세상에 혼자 두게 해서
정말 미안해. 그리고 많이 사랑해…

● 제1부

더 이상 흘릴 눈물이 없다고

● 제2부

지난하고 오랜 우리의 출산

● 제3부

가족이 되어가는 방법

● 제4부

편견에게 전하는 인사

더 이상 흘릴
눈물이 없다고

끝나지 않는 하루

병원 가는 길

●

병원에 가보는 게 어떻겠냐고 물어온 것은 남편이었다. 서
두르지 않고 천천히 기다려보자고 말하던 그였기에 의외였
다. 마음에 무슨 바람이 분 걸까. 궁금하지만 이유를 묻지 않
았다. 기도 끝에 답이 나오면 움직이는 사람이니까. 병원 예
약도 스스로 했다. 지금까지 소소한 예약들은 내가 담당해왔
기 때문에 이 또한 어색했다. 아무렴 어때, 한 번만 병원에 같
이 가봤으면 하는 바람이 얼떨결에 이루어졌으니 그것으로
족하다. 검사 잘 받고 의사 선생님 지시에 따르면 나도, 아기
를 가질 수 있다.

병원 예약이 잡힌 출근 길, 여느 때처럼 라디오를 켜고 익
숙한 길을 달렸다. 회사에서는 겨울을 앞두고 브랜드 업데이
트가 한창이었다. 크리에이티브 디렉터로 일하고 있는 내 머
릿속도 업데이트 중이다. 멀리 신호등의 붉은 빛을 보고 브레
이크를 밟았다.

'○○병원 난임 센터 2층, 오후2시.'
남편에게 전달받은 문자가 떠올랐다. 꺼림칙하다. 하필 왜

난임 센터? 일반 산부인과에서는 남성들 검사가 어려운 건가. 초록 불, 괜한 걱정은 그만 하자. 어쨌든 1년 이상 아기가 자연스럽게 생기지 않았으니 난임 센터로 가는 게 맞겠지.

치열한 오전 시간을 보내고 휴가를 냈다. 회사에서 병원까지는 차로 20분 거리. 검사받고 커피 한잔 하면 6시까지는 회사에 돌아올 수 있다. 마음이 급하다. 먼저 병원에서 검사를 마친 남편이 대기실에 앉아 있었다.

"여보―."
잰걸음으로 남편에게 달려갔다. 무표정한 얼굴로 그가 옆자리를 내준다.

"검사가 많이 힘들었어? 왜 그렇게 어두운 표정이야?"
"어? 내가? 아니, 검사야 그렇지 뭐. 당신도 검사 받고 와."

이상하다. 다정한 사람이 이렇게 굳어 있을 때는 무슨 일이 있는 게 분명하다. 하지만, 스치는 작은 감정까지 돌보기에 내 몸도 마음도 여유가 부족하다. 간호사가 내 이름을 부른다. 몇 번을 받아도 익숙해지지 않는 검사가 남았다. 힘을 빼라는 말에 더 힘이 들어간다. 눈을 감고 한숨을 내뱉었다.

남편과 함께 병원에 오기까지 500일, 그동안 가려져 있던 서운함이 잠시 드러난다. 괜찮다. 지금이 그가 말하는 '때'이 겠지.

왜 혼자냐고요?

●

"여보 할 말이 있어."

진료실 앞 대기의자에 앉았다. 의사 선생님을 만나기 전의
긴장감이 등을 꼿꼿하게 만든다. 무슨 이야기를 듣더라도 우
리가 함께 이겨내고 잘 준비하면 된다는 말을 하려는 거겠지.
내가 아는 남편은 그런 사람이다. 늘 사람들의 마음을 다독이
고 위기에 강한 사람.

"동생네가 아이를 가졌대. 당신 마음이 조금 그럴 것 같아
서 지금 얘기하는 거야. 가족들은 먼저 알고 있었는데. 우리
도 이제 병원에 왔으니까 차차 가지면 되지 않을까?"
"……."

순간 지금까지 느껴보지 못한 강렬한 화가 가슴뼈 한가운
데서 솟아오르는 것 같았다.

"그걸 왜 지금 얘기해?"
"그게 무슨 소리야. 축하가 먼저지."

"뭐가 그렇게 급하다고 애를 빨리 가졌는데? 그래서 갑자기 병원에 오자고 한 거야? 내가 2년 동안 그렇게 병원 가자고 어르고 달래고 화내고 할 때는 모른 척하더니, 동생이 애를 가지니까 바로 병원에 와? 그렇구나. 그래서 지난번에 김장할 때 동서가 안 와도 어머님이 오케이 한 거구나?"

혼자만의 북 치고 장구 치던 시간이 억울했던 걸까. 정상적인 사유를 뛰어넘어 감정만이 남았다. 일상적이지 않은 그의 행동이 줄 하나에 꿰어져 가슴을 동여맸다.

"여보, 제발… 사람들이 다 쳐다보잖아. 도대체 왜 그러는 거야? 원하는 대로 병원에 왔잖아. 그리고 걔네들이 뭐 잘못한 거 있어? 왜 아이 가진 걸 갖고 그렇게 화를 내?"

머리를 한대 얻어맞는다는 게 이런 것이구나. 어린 시절줄곧 얻어맞아 맷집이 꽤 단단하다고 자부했는데 경솔했다. 이렇게까지 화낼 일도 아닌데 나 역시 화를 멈추지 못하는 내가 이상하다. 미움이 느닷없이 산부인과 진료실 앞에서 폭발했다. 내가 누군가를 이토록 증오하고 질투했던 적이 있던가. 울음이 터졌다. 수치심에 고개를 들기 어려웠다. 남편은 자리를 떠났다.

"김혜연님, ○○○님, 안으로 들어오세요."

눈물을 눈에 가득 담고 의사 앞에 앉았다.

"남편 분은요? 같이 안 오셨어요?

"일이 있어서….."

"두 분이 같이 들으시는 게 좋은데, 어쨌든 오셨으니까 검사 결과 말씀드릴게요."

얼굴과 이름이 기억나지 않는 의사는 여러 개의 사진을 보여주며 장황한 설명을 이어갔다. 알 수 없는 말들을 따라가기 위해 애썼지만 딸꾹질이 난다.

"그러니까 쉽게 말씀드리면, 남편 분이 무정자증이에요."

"그게 무슨 말씀이세요? 무정자증이라니요?"

현실이 되어버릴까봐 입 밖으로 꺼내지 않았던 단어다. 아무런 이상이 없으니 배란일만 잘 맞춰보자고 했던 과거의 말만 믿고 싶었다. '혹시나'로 시작되는 상상은 시작조차 하고 싶지 않았는데. 저렇게 쉽게 언급할 수 있는 말이었다니. 또 다시 눈물을 쏟아내는 내게 간호사는 이런 경우에도 임신하는 사람들이 있다는 위로를 건넸다. 옆을 돌아봤다. 아무도 없다. 함께 있어야 할 사람이 없다.

　찬물로 얼굴을 씻었다. 어디든 숨고 싶은데, 회사로 돌아가야 한다. 정신을 차리고 운전대를 잡았다. 매장 한가운데서 은은한 노란 빛을 품은 트리가 반짝인다. 고심 끝에 고른 장식들이다. 가슴이 설레는 계절, 크리스마스 시즌을 준비할 때면 늘 행복했다. 기획한 것들이 눈앞에서 현실이 되어가는 시간. 그러나 왜 하필 오늘이었는지. 처참하다.

　"차장님, 괜찮으세요?"

　디스플레이 된 제품들 사진을 찍다 울었나보다. 머리와 몸이 따로 논다. 마구잡이로 화를 쏟아내더니 이제는 눈물을 뿜기 시작한다. 커다란 물 풍선에 구멍이 나면 이런 모습일까. 회사에서 우는 것을 극도로 싫어하는데, 망했다.

　"무슨 일이에요? 언니… 왜 울어요?"
　다정한 후배가 묻는다. 언니라고 부를 땐 조금 솔직해져도 되겠지.

　"응, 사는 게 거지 같아서."

주고받지 않은 이야기

●

집 앞 주차장에서 맥주 한 캔을 단숨에 마셨다. 남편에게 어떻게 이야기를 꺼내면 좋을지 끝내 답을 찾지 못한 상태였다. 알코올의 힘을 빌리면 어버버한 말문이 좀 트이지 않을까. 자존심 상하는 내 모습을 사과하는 데 좀 도움이 될 것 같다. 그리고 그에게도 상처가 될 수밖에 없는 그 단어를 조금은 더 쉽게 꺼낼 수 있을 것이다. 서운해서 그랬다는 이야기를 꼭 하자. 화를 내려고 했던 것이 아니라 나도 모르게 여러 감정이 복받쳐서 그런 것이라고. 오히려 잘됐다. 그가 직접 듣는 것보다 내가 먼저 듣고 전하는 게 여러모로 나을 수 있다.

그날 밤 내 선택이 잘못되었다는 사실을 깨닫는 데는 한 시간도 채 걸리지 않았다. 우리는 다퉜다. 하루가 어쩜 이렇게 잔인하도록 길까.

매일 한 번은 최후를 생각한다

수능이 끝나고 난 뒤

●

고3 9월, 수시 모집 합격 소식을 들었다. 바라던 대학이었다. 초등학교에 입학하는 순간부터 아빠에게 12년간 세뇌 당했던 이름. '너는 얼굴도 볼 게 없고, 집에 돈도 없으니 무조건 SKY에 가야 된다'는 식이었다. 거울로 확인한 내 얼굴은 그다지 나쁜 것 같지 않은데, 부모가 거짓말할 리 없다는 마음에 위기의식을 가지고 공부했다.

단, 합격 통보서에 단서가 붙었다. 수능이 일정 퍼센트 이내일 것. 조건부 합격이었다. 사람들은 왜 끊임없이 조건을 만들고 사람을 시험하려 할까. 한 번의 검증만으로는 자신의 결정을 확신할 수 없는 것일까. 주변 사람들은 그 정도 퍼센트에 드는 것은 가뿐하지 않느냐며 최종 합격을 확신했다. 엄마는 들뜬 마음을 감추지 못하고 교회에 헌금을 했다. 봉투에는 '딸의 OO대학교 합격 감사헌금'이라고 크게 적혀 있었다.

시간이 갈수록 불안했다. 내신과 모의고사, 수능을 치르는 지능이 다르다는 것은 겪어본 사람만이 안다. 내 머리가 내신

형으로 구성되어 있음을 아무리 얘기해도 소용이 없었다. 아무도 의심하지 않는 상황이 갑갑했다. 결국 부족한 실력과 불안한 마음은 수능 성적표에 드러났다.

새벽녘 화장실에서 꺼이꺼이 우는 소리가 들렸다. 아빠였다. 바람이 나서 집을 오락가락하던 아빠는 나의 수시 모집 합격 소식을 듣고 잠시 집에 정착하는 듯했다. 공부를 열심히 하니 엄마 아빠 사이가 좋아지는구나 감사했다. 그런데 내가 또다시 망쳐버렸다.

"아빠… 죄송해요…."
"도대체 니가 제대로 하는 게 뭐냐? 공부만 하면 되는데 그걸 그렇게 못 해? 외고도 떨어지더니 대학도 떨어지고. 니까짓 년 때문에 들어간 돈이 얼만데! 이렇게 합격 직전까지 와 놓고 마지막에 와서 다 망쳐!"

천둥번개 치는 소리에 심장이 오그라들었다. 허둥지둥 방으로 뒷걸음칠쳤다. 맞지 않기 위한 본능적인 움직임이다. 이불 속으로 몸을 숨겼다. 눈물이 쏟아진다. 이대로 사라져버릴 수 있다면. 손이 떨렸다. 이제 다 끝난 걸까. 대학에서 떨어졌으니 이제 아무런 희망이 없다. '대학에 가면'으로 시작된 전제를 제거하면 그 어떤 답안도 마련되어 있지 않다. 나 때문인지 자신 때문인지 알 수 없으나 아빠는 다시 집을 나갔다.

끝이라는 증거

•

끝이 있다는 것은 감사하지만 슬픈 일이다. 상상하고 싶지 않은 끝을 향해 달리던 불안한 마음을 놓아줄 수 있는 기회지만 그 정점의 시간을 견뎌내는 것이 끔찍하기 때문이다. 그 맛을 처음 본 것이 열아홉 때다. 그리고 삼십대 중반, 나는 비위에 거슬리는 '끝' 앞에 또 서 있다.

난임 센터에서는 남편에게 남성전문병원에서 정밀검사를 받아보기를 권했다. 작은 종이에 휘갈겨 쓴 병원 이름을 검색창에 입력했다. 주소를 적어 그에게 내밀었다. 바로 가보겠다는 답변은 바라지 않았다. 유리처럼 마음이 여린 사람을 몰아붙이면 부서진다. 예상치 못한 검사 결과에 그의 마음도 녹록치 않을 것이다.

몇 주 후 남편은 병원에 다녀왔다. 예약이 많아 진료받기까지 좀 오래 걸렸다고. 고마웠다. 생전 처음 겪는 검사에 많이 놀란 듯했다. 검사 결과가 나오기까지 또 몇 주. 소개 받은 병원이 작아서 검사는 또 다른 병원에 의뢰한다고 했다.

몸이 타들어가는 시간이 흐른다. 검사 결과가 좋을 수도 있다. 아니 나쁠 수도 있다. 아예 불임일 수도 있다. 아니다, 그래도 사람들 말처럼 기도하면 좋은 결과가 있을 수도 있다. 아이 갖는 기쁨을 더 크게 하려고, 더 많이 기도하라고 이런 일이 일어나는 것일 수도 있다. 진료실에 다시 앉기까지 희망과 절망이 교차하는 날들을 거듭해서 보냈다.

"솔직히 말씀드리면 앞으로 세 가지 선택을 하실 수 있습니다. 남편 분이 수술을 받아서 시험관을 진행해보거나, 정자 공여를 받는 방법, 그리고 입양. 두 분이 같이 고민해보세요."

진료실에 들어서자마자 의사의 난처한 표정을 보고 직감했다. 결과가 좋지 않다는 것을. 왜 우리에게 아기가 생기지 않는지 의학적으로 길고 자세한 설명을 들었다. 눈물범벅이 된 나는 아무런 질문도 하지 못한 채 마지막 말만 가슴에 담고 남편의 손에 이끌려 나왔다. 얼마나 울었을까? 눈을 떠보니 교회 앞이었다. '우리, 목사님께 기도 받을까?' 어쩌면 나보다 더 울고 싶었을 텐데, 그는 꾹 참고 있었다.

우리의 사정을 들은 목사님은 힘주어 오랫동안 기도를 했다. 눈물과 콧물이 주체할 수 없을 만큼 쏟아졌다. 우리의 결혼식 주례를 섰던 그분 앞에 이런 모습으로 앉게 될 줄은 몰랐다. 기도가 끝난 뒤 별일 아니라는 듯, 금세 이 시간이 지나고 아기가 생길 거라는 목사님 말에 고개를 들었다. 화가 났다. 감사하지 않았다. 우리가 겪은 일이 그렇게 웃으면서 얘기할 정도로 간단하고 쉬운 일인가. 아니면 흔히 기독교인들이 말하는 믿음이 내게 없는 것인가.

남편이 원망스러웠다. 스스로 기도할 수 없을 때 누군가의 도움을 받고 싶은 그 마음은 이해하지만, 너무 빨랐다. 나는 이 고통스러운 상황을 제3자에게 드러낼 준비가 되어 있지 않았다. 가만히 슬픔을 애도하고 앞으로 어떤 결정을 내려야 할지 고민할 시간이 필요했다. 우리 둘이 부둥켜안고 우는 순간이 절실했다. 교회에서 나오는 길, 수많은 사람들과 마주쳤다. 늘 단정하게 꾸미고 드나들었던 그 공간에 얼룩진 얼굴로 서게 되었다. 도망치고 싶었다.

그날 밤, 생각이 멈추지 않았다. 수능 전날처럼 최악의 상황만 떠올랐다. 아이 없는 삶은 생각해본 적 없다. 수술을 했는데도 정자를 찾지 못하게 되면… 찾더라도 시험관 시술에 실패하게 되면… 생각을 멈출 수 있는 약이 있다면 통째로 집어 삼키고 싶었다. 내게는 결혼생활의 다른 대안이 없는데 자꾸만 나쁜 끝의 증거들이 불안하게 만든다.

끝이 있다는 것은 감사하지만 슬픈 일이다.
상상하고 싶지 않은 끝을 향해 달리던
불안한 마음을 놓아줄 수 있는 기회지만
그 정점의 시간을 견뎌내는 것이
끔찍하기 때문이다.

난임의 끝에 서서

불안의 이유

●

선택지는 세 개였지만, 내 마음속의 답은 이미 정해져 있었다. 가능성이 조금이라도 있다면 할 수 있는 모든 노력을 다하고 싶었다. 수많은 사람들이 난임을 극복하고 아기를 얻지 않는가. 우리에게도 충분히 기적이 일어날 수 있다. 온갖 임신·출산·육아 관련 정보로 가득한 카페를 탈퇴하고 난임 카페에 가입했다. 수술 후기를 모조리 찾아 읽은 뒤 가장 유명하다는 병원을 예약했다. 조급한 마음을 숨길 수 없다. 그조차 예약이 밀려 몇 달 뒤에나 의사를 만날 수 있었다. 우리와 같은 사람들이 그렇게 많은가. 늦은 예약이 거짓말 같기만 하다. 꽃이 지고 여름이 왔다.

"수술은 언제 가능하대? 결과는?"
"지금 바로 수술하는 건 어렵대. 몸 상태가 별로 안 좋아서 운동도 하고 약물치료도 먼저 받아야 한다네."

무기한 기간 연장, 입시생 때처럼 시험 날짜가 정해져 있으면 얼마나 좋을까. 몇 년 몇 월 며칠에는 결론이 난다고 누가 좀 알려줬으면. 낙엽이 지고 다시 눈이 내린다. 마음이 늙는다는 것이 무엇인지 새삼 깨닫는다. 희망인지 고문인지 알수 없는 시간들이 흐르고 흐른다. 스스로도 실력을 확신하지 못하는 수험생은 이 시험에 간신히 통과할 수 있을지 낙방할지 예측조차 하기 힘들다. 기도하는 사람들이니 꼭 이루어질 거라는 주변의 응원이 듣기 싫다. 열아홉 때처럼. 우리는 서로를 떠나게 되는 걸까.

해가 바뀌고 남편의 수술을 하루 앞둔 겨울 밤, 교회에 갔다. 함께 기도했으면 했지만, 피곤해서 자고 싶다는 그의 의견을 존중했다. 익숙한 뒷자리에 앉아 기도를 시작했다. 눈물이 토하듯 쏟아진다. 절규였다. 일 년간 미친 사람처럼 기도했는데 지금은 정말 미쳤구나 싶다. 짜내듯 몇 시간째 이어진 기도의 끝. 다시금 불안함이 몰려왔다. 그 불안함으로 인해 불안하다.

당신은 돌팔이야

●

지각이다. 오전에 한 건의 수술밖에 없으면서 의사는 지각을 했다. 쭐레쭐레 병원에 들어서더니 진료실로 획 들어갔다. 이내 우리 부부를 불렀다. 좋지 않은 사례들을 사진으로 보여주었다. 지방이 많이 낀 경우, 유전자에 문제가 있는 경우, 아예 없는 경우 등. 마음을 단단히 먹고 왔지만 끔찍했다. 의사들은 원래 그러니까 하고 넘기기에는 사진이 적나라하다.

병원의 규모도 실망스러웠다. 남성 난임 전문병원으로 가장 많은 수술을 진행한다고 하는데 동네 작은 내과 수준이었다. 이런 곳에 남편을 맡겨도 되는 걸까? 왜 진작 내가 먼저 병원에 와보지 않았는지 후회가 밀려온다.

함께 기도를 마치고 남편은 수술실로 들어갔다. 그가 돌아오기까지 내 시간을 잘 보내야 한다. 챙겨 온 성경책을 꺼내고 찬양을 틀었다. 침대에 머리를 기대고 엎드려 기도를 시작했다. 여전히 불안한 마음. 그는 지금 어떤 마음으로 누워 있을까?

"환자 분 나오십니다."

간호사의 목소리에 놀라 웅크리고 있던 몸을 일으켰다. 잠시 후 얼음장처럼 차갑게 온몸이 굳어진 남편이 이동침대에 실려 병실로 돌아왔다. 두 시간의 수술이 끝난 뒤였다. 분명 3시간은 걸릴 거라고 했는데 이상하다. 담요를 덮어주려는데 간호사가 덮지 말라며 손을 밀었다.

"잠시 환자 분 깨어날 때까지 기다리세요. 조금 있다가 원장님이 수술 결과 설명하실 거예요."

사무적인 목소리. 얼마나 많은 아내들이 이 자리에 서서 떨었을까. 결과가 어떤지 알려달라는 눈빛을 그녀에게 보냈지만 답이 없었다. 차갑게 외면하는 눈을 보고 목줄기가 서늘해졌다. 차가운 냉기가 온몸으로 퍼져 나갔다. 결과가 좋지 않구나. 질문하기를 그만두었다. 간호사가 병실을 나가자마자 누워 있는 남편의 가슴을 끌어안았다. 얼마나 무섭고 두려웠을까.

"여보… 어떻게 됐어?"

눈을 뜨자마자 내 얼굴을 찾는 남편에게 무어라 답해야 할지 난감했다. 당신 너무 고생했다. 난 괜찮다. 나는 아무렇지 않다. 아이가 없더라도 우리 둘이 더 행복하게 잘살 수 있다. 해볼 수 있는 만큼 해봤으니까 정말 괜찮다. 다짐도 위로도 아닌 말을 뒤섞어 얼버무렸다. 남편의 눈에서 1년간 묵묵히 참아낸 눈물이 쏟아져 내렸다. 유일한 선택지에 빨간 엑스표가 새겨졌다.

잠시 후 의사가 나를 불렀다.

"음… 생각보다 결과가 좋지 않아요. 뭐라고 말씀을 드려야 할지."
"……."
나도 무슨 말을 해야 할지 모르겠다.
"뭐 아이 갖는 문제보다 남편 분 건강이 더 중요하니까요. 앞으로도 호르몬제 잘 드시도록 하시고 운동 꼭 하셔야 합니다."

돌팔이 새끼, 아무것도 하지 못했으면서. 남 일이라고 참 가볍게 이야기한다. 당신한테는 이런 일이 일상이겠지만 우리에게는 죽음과 같은 일이다. 최선을 다했다고 말할 수 있는가, 이 수술이 잘되기를 진심으로 바라기는 했는가. 어젯밤 마신 술 탓에 대충 수술을 마무리하고 싶었던 것은 아니고?

폭주하는 말들을 마구 구겨 가슴에 삼켰다.

정신을 붙들어야 한다. 지금 남편의 보호자는 나다. 그를 위로하는 게 최우선이다. 그를 안아주어야지. 이 순간도 넘어간다. 넘어가는 날이 온다. 병실로 돌아와 남편을 안고 한참을 울었다. 슬픔에 무너져버린 어른 아이가 내 앞에서 울고있다.

"여보, 정말 미안해. 정말… 너무 미안해. 당신만 괜찮으면 다른 병원에라도 가서 다시 수술받아 볼까? 아니면 정자 공여라도 받을까?"

통통 부어 알아볼 수 없는 얼굴을 한 남편이 미안해한다. 미안한 일이 절대 아닌데.

"그게 무슨 말이야. 당신이면 돼. 할 수 있는 만큼 다 해봤으니까 그걸로 됐어. 이거면 충분해. 이렇게 해준 것만으로도 고마워."

지난 일 년간 가느다란 희망의 줄을 놓치지 않기 위해 참고 애썼다. 그도 나도. 더 이상 이 과정을 반복하고 싶지 않다. 수술실에서 나온 그의 모습을 보고 결심했다. 결과가 어떻든 이게 마지막이라고. 우리는 다른 세계에 서 있다. 이 경기에서 어쨌든 결승선을 밟았으니 더 이상의 절망은 없다. 기도하지 않아도 된다. 오지 않는 답변을 기다리며 매달리지 않아도 된다. 십 년, 이십 년이 될 수 있는 싸움을 몇 년 만에 끝냈으니 차라리 잘됐다. 이 일을 핑계 삼아 만나기 두려웠던 사람들을 만나지 않고 살 수 있을지도 모른다.

우리는, 이제 어떻게 될까. 아이가 없으니 서로를 더 위로하며 살아가게 될까. 갖지 못한 것에 대한 아쉬움을 다른 무언가로 채우며 살아가게 되는 걸까. 무섭다. 자신이 없다. 나에 대해. 내 잘못이 아닌데 이 모든 일이 나 때문인 것 같다. 그런 나로 인해 이 결혼이 마침표를 찍을까봐 겁이 난다.

눈이 소복이 쌓인 겨울이었다.

'나'라는 주제

말하지 않은 벌

●

"네 저는 괜찮아요. 너무 걱정하지 마세요. 어 그래, 형은 괜찮아. 아무래도 하나님께서 나보다 ○○이를 더 사랑하시나보다. 괜찮아."

간혹 살다보면 머리에서 지워버리고 싶은 말들이 있다. 내가 무섭고 싫다던 단짝 친구의 말, 나가 죽어버리라고 소리쳤던 아빠의 말, 아이 갖는 거 질투하는 거 아니다 큰며느리답게 아랫사람을 챙기라는 어른들의 말. 가까운 사람일수록 뇌에 꽂히는 말을 잘한다. 그 말이 맞고 틀리고를 떠나서 내 감정이 무시당한 표현에 상처받는다. 배신감이다.

수술이 끝나고 집으로 돌아와 첫 밤을 보냈다. 무슨 정신이었는지 모르지만 밥을 해먹고 빨래도 했다. 깊이 잠든 남편의 얼굴을 보자 낮에 그가 했던 말이 생각났다. 들으려던 것은 아닌데 입원실 문 앞에서 통화 내용이 들려왔다. 시댁 식구에게 걱정하지 말라는 안부 전화였다. 하지만 우리보다 누군가를 더 사랑해서 이런 일이 일어났다는 발언에 피가 솟았다. 그럼 나는? 위로도 좋고 화목도 좋지만 지금은 우리만 생각해야 되는 때 아닌가. 나는 신에게 사랑받지 못해서 아이를 갖지 못하고 누구는 사랑받아서 쉽게 아이를 갖는 것인가. 날 때부터 정해져 있는 운명 같은 것. 내가 믿고 기도했던 신은 그런 존재인가. 내가 사랑한 남자는 지금까지 저런 생각을 가지고 살았던 걸까.

잠을 잘 수 없었다. 말할 사람이 없어 나에게 문자를 보냈다. 내용은 알 수 없다. 분노라는 단어에 모든 것을 담기에는 뜨거움이 너무 컸다. 저주의 말이었던 것 같다. 나를 향한 저주.

아침이 되고 싸움이 일어났다. 싸워서는 안 되는 시간에 갈기갈기 찢어졌다. 다시 담기 어려운 말들을 서로 쏟아냈다.

"가만두지 않을 거야. 내가 다 복수하고 말 거야!"
"그만해! 도대체 당신이 우리집에 한 게 뭔데?"

정신이 들었다. 아니다. 정신이 나갔다. 남편에게 그 말을 듣는 순간 눈앞이 흐려졌다. 머리가 빙글빙글. 빈혈도 없는데 왜 이러지? 몸이 말을 듣지 않는다. 뭐라고 소리라도 내고 싶은데 말이 나오지 않는다. 설마 내가 죽은 건가.

내 말을 들어주세요

●

　신혼 초, 집 앞 정신과에 찾아간 적이 있다. 불면증이 심해서 약이라도 받아볼까 싶은 마음이었다.

　"하시는 일이 어떻게 되세요?"
　"회사원이에요."
　"남편 분은요?"
　"……."

　남편의 직업을 묻는 의사의 얼굴을 제대로 바라보지 못했다. 이 동네에 우리 교회에 다니는 사람들이 많이 사는데, 혹시라도 내가 병원에 온 게 알려지면? 어설픈 말을 둘러대고 나와버렸다.

　그런데 그 의사 앞에 다시 앉아 있다. 이번에는 남편도 함께였다. 어차피 만나야 할 사람이었나. 벙어리가 되어 넋이 나간 나를 의사 선생님은 안타깝게 바라보았다. 그리고 종이 한 장을 내밀었다.

"말하기가 힘들면, 종이에 써도 돼요. 무슨 일이 있었는지 말해 줄래요?"

두서없는 필담이 시작되었다. 무슨 글을 전했는지 기억나지 않는다. 한 시간이 넘도록 쓰고 읽고 쓰기를 반복했다. 중간 중간 의사의 한숨이 이어졌다. 옆에 앉아 글귀를 따라 읽던 남편의 눈에 물이 맺혔다.

"그동안 아내 분의 이야기를 너무 안 들어주셨네요. 충격이 크셨을 것 같아요. 지금은 아내 분의 안정이 최우선이에요. 주요 우울증(major depression)으로 인한 전환장애(conversion disorder)로 보이네요. 쉽게 얘기하면 마음이 많이 우울할 때 몸의 한 부분에 이상이 오기도 하는데, 아내 분은 언어 장애로 온 것 같아요."

신기하다. 슬픈 이야기를 적고 있는데 눈물이 나지 않는다. 말을 하지 못하게 되면 눈물도 덩달아 멈추는 건가. 드디어 눈물샘이 마른 모양이다. 더 이상 슬프지가 않다. 뇌에서 슬픔을 느끼는 조직이 도려내어진 것 같다. 살 것 같다. 죽은 줄 알았는데 살았다.

말을 하지 못하게 된 그날 이후 일주일에 두 번 의사를 찾아갔다. 남편과 함께였다. 결혼 전에는 신혼부부학교, 결혼해서는 부부상담을 함께 받는 것이 소망 중 하나였는데 또 얼떨결에 이루어졌다. 좋다고 해야 할지 어이가 없다고 해야 할지. 남은 시간에는 잠을 잤다. 약을 먹으면 생각이 없어졌고 잠이 쏟아졌다. 지난 일 년간 못 잔 잠을 몰아 자는 것 같았다.

말을 하지 못한다는 것

●

"장모님, 혜연이는요?"

퇴근하면 남편은 다급하게 나를 찾았다. 좋아하는 초콜릿을 입에 넣어주기도 하고, 소담하게 핀 꽃다발을 품에 안겨주기도 했다. 오늘 무엇을 먹었는지 얼마나 잤는지, 약은 잘 먹었는지 꼼꼼히 물었다. 다리를 주무르고 얼굴을 살폈다. 별안간 울컥하며 손을 꼭 잡고 미안하다는 말을 건네기도 했다.

"우리 여행 갈까?"

"……."

"당신이 조금만 움직일 수 있게 되면 우리 여행 가자. 당신 유럽에 가보고 싶어 했잖아. 신혼여행 때 가보려고 했던 체코에 갈까? 프라하 말이야."

"……."

답을 할 수가 없다. 그에게 조금이라도 희망을 주고 싶은데 여전히 몸이 움직이지 않는다. 사실 모든 게 귀찮다. 지난 일 년간 내가 그랬던 것처럼 남편도 끝을 알 수 없는 기다림을 시작했다. 서재에서 목놓아 우는 그를 달랠 방법이 없다. 그는 어떤 기도를 하고 있을까. 잠이 다시 쏟아진다. 꿈속에서 상담사를 만났다. 아마 꿈이 아니라 과거의 기억이 떠오른 것일지도 모르겠다.

"아이고 불쌍한 사람아, 왜 그렇게 말을 못 해. 화가 나면 화가 난다고 나 죽겠다고 말을 해야 알지. 어떻게 나한테 이럴 수 있느냐고— 이게 다 내 잘못 때문이냐고— 화를 내라고! 억울해 죽겠다고!!"

"……."

꿈인데 역시나 한마디도 뗄 수 없다. 따라해 보고 싶은데 입술이 얼어붙었다. 상담사의 얼굴이 검은 괴물이 되어 나를 덮친다. 악몽이다. 식은땀이 흐른다. '말할게요. 이제는 말할게요.' 손바닥을 마주 비볐다.

사람들로부터 종종 말 좀 하라는 이야기를 들었다. 불편한 감정들을 쌓아두지 말고 그때그때 이야기하라고. 참고 참다가 폭탄이 되어서야 터뜨리니 당하는 사람이 황당하지 않느냐고. 맞는 말이다. 하지만 나는 말하는 것이 어렵다. 혹시라도 상대방의 마음이 상할까봐 눈치가 보이고 나를 싫어하게 될까봐 두렵다. 하지만 결국 내 감정을 돌보지 못해 폭발하고 상대방에게 더 큰 상처를 안겨준다.

말을 하지 못하는 것은 상이자 벌이었다. 말하지 않음으로 상대방이 끊임없이 나를 관찰하고 돌보게 되었고, 말하지 않음으로 생각이 멈춰 고통받지 않았다. 그리고 말하지 못함으로 보복성 핵폭탄 발언을 금지당했다. 눈을 뜨니 남편이 보인다.

"여보, 혜연아… 미안해, 정말 몰랐어. 당신이 그렇게까지 마음 아픈 줄. 난 그냥 당신도 나 같을 줄 알았어. 아이가 생기지 않으면 그렇구나, 내 인생에 아이를 주시지 않는구나 받아들이자. 당신이 그렇게까지 아이를 원한다고 생각하지 못했어. 난 그냥… 우리 둘이서도 행복할 수 있다고 생각했어. 그리고 당신도 알잖아… 내가 장남으로 커온 거. 내가 좀 힘들고 불행하더라도 다른 사람의 행복이 나에게는 더 중요했어. 나는 행복하지 않아도 괜찮다고 생각했었어. 당신이 내 아내니까, 당신도 당연히 그럴 거라고 생각하고… 정말 미안해. 당신 마음에 귀기울이지 않고 이렇게 아프게 해서."

신혼 초, 남편은 고3 수험생처럼 바빴다. 이직한 직장 적응에 실패했던 나는 패배자로서의 시간을 보내고 있었다. 그때부터였나. 바쁜 남편을 원망할 수 없으니 아이가 생기기를 간절히 바랐던 것이. 외로운 시간도 끝. 직장인도 엄마도 아닌 애매한 포지션도 끝. 주변 사람들의 부당한 요구도 아이를 핑계로 단칼에 끝. 얽혀 있는 섭섭함을 아이로 풀어내려 했다. 나의 존재 가치를 아이로 증명해 보이고 싶었다. 그 순간을 상상하며 병원에 다녔다. 하지만 매달 임신 테스트기의 한 줄보다 남편의 무관심에 더 낙담했다.

가장 무서운 것은 아이를 갖지 못한다는 사실이 아니었다. 서로가 서로의 편이 아니라는 것. 부부라는 이름으로 맺어졌지만 고통을 다르게 해석하는 것. 격렬한 전쟁을 겪은 전우가 내 편이 아니라는 사실을 깨닫는 과정이다. 그와 나는 우리에게 들이닥친 사건을 다르게 받아들였다. 그리고 불필요하게 서로를 살피느라 다름을 살피지 못했다.

그럼에도 우리는 함께 살고자 하는 의지가 강했다. 어쩌면 사랑했기 때문에 서로가 서로에게 더 큰 이해를 바랐는지도 모르겠다. 그래서 내 마음 좀 알아달라고, 나 좀 봐달라고 싸운 것이겠지.

울 수 있다면 울고 싶다. 나도 미안하다고. 무작정 몰아붙이기만 해서 미안했다고, 그에게 말하고 싶다. 당신이 다른 사람보다 나를 더 사랑하기를 바랐다고. 나 역시 당신 입장과 생각, 감정을 이해하지 못해서 정말 미안했다고. 머릿속에 그려두었던 이상적인 가족의 모습을 만들지 못하면 실패할까 봐 두려웠다고.

사람이 사는 이유

●

"조금 힘들지만 그래도 꿈을 위해서 도전하는 거니까요. 즐겁게 하고 있습니다."

늦은 밤 TV 앞에 누워 있었다. 여느 때처럼 멍하니 화면을 바라보다 자세를 고쳐 앉았다. 정확히 기억나지 않지만 외국에서 일하고 공부하는 사람들에 대한 다큐멘터리였던 것 같다. 두 젊은이는 낮에는 회사원으로 밤에는 푸드 트럭의 사장으로 일하고 있었다. 잠깐, 이게 뭐지. TV 옆에 놓인 화분이 거슬린다. 주렁주렁 매달린 수세미들이 어이없다. 잠자지 않는 시간에는 코바늘로 수세미와 인형을 만들었는데 그 결과물들이 화분에 크리스마스 트리의 장식품처럼 매달려 있다.

내가 저런 수세미나 만들자고 여태까지 살아온 건가. 나에게도 저들과 같은 시간이 있었는데. 나 지금 뭐하는 거지? 3개월 만에 생각다운 생각이 돌아왔다. 살고 싶다. 지금까지 살아보지 못한 삶을 살고 싶다. 저 사람들처럼 펄떡펄떡 땀 흘리고 밤을 새고 내 손으로 무엇인가 만들어내는 하루를 보내고 싶다.

다음 날, 보통의 아침과 다른 공기를 눈치챈 남편이 내 앞에 앉았다.

"혜연아, 이제 할 수 있어. 해보자. 내 입 잘 봐봐. 아— 해봐."

"아… 아라… 어."

"그래! 했다. 말했다! 장모님! 혜연이가 말을 해요!!"

버벅대는 말투지만 눈만 껌뻑이는 신세를 면하게 되었다. 남편은 마흔이 되어서야 금메달을 딴 국가대표처럼 눈물을 흘렸다. 말 한마디 했을 뿐인데 심하게 감동한다. 오바쟁이.

여전히 글을 읽는 것은 쉽지 않았지만 조금씩 안정을 찾았다. 누구도 예상치 못한 강한 회복력에 집 안 가득 감사가 샘솟았다. 아이가 없다고 한들 대수인가. 죽을 것 같았던 사람이 말을 하고 움직이는데.

심지어 웃기 시작했다. 다시는 웃을 일이 없을 줄 알았는데. TV 예능에 나온 아이돌 가수가 누구 흉내를 내는 것을 보았다. 웃기다. 키득키득 웃었다. 나중에는 너무 웃겨서 이렇게 웃어도 되나 싶을 정도로 웃었다. 반년밖에 안됐는데, 살아진다. 웃기는 일에 웃음이 난다.

"다시 학교에… 갈까?"

웃는 장기가 생겼지만 아직 회사로 돌아갈 엄두가 나지 않았다. 여전히 졸리고 우울하므로. 가본 곳이 학교와 회사뿐이라 한 가지를 제외하니 남은 길밖에 생각나지 않았다. 어딘가에 매일 열심히 가고 싶다. 돈이 많이 들 테지만 돈을 내기 때문에 자유로울 수 있다. 시험관 아기 시술을 위해 저축해 놓은 돈을 나한테 쓰자.

"그냥 더 쉬어도 좋지 않을까? 아직 난 당신이 너무 걱정돼. 그래도 당신이 하고 싶으면 한번 해보자. 학교에 거의 안나가고 학점 같은 거 아예 안 받아도 되니까. 너무 힘들면 바로 휴학하고…."
이 사람, 고비를 넘더니 걱정머신이 되어버렸다. 어련히 알아서 놀까봐.

"신문방송학은 하고 싶지 않아."
"그럼 당신 예전에 다니다가 그만둔 심리학 대학원에 다시 가볼래?"

우리의 대화를 듣던 엄마가 한마디 얹는다.

"야야, 이제 골치 아픈 거 안 하면 안 되겠나? 재미있고 쉽고, 니 좀 편하게 살았으면 좋겠는데."

대학원 사이트에서 전공 리스트를 클릭했다. 마트 전단지 보듯 위에서 아래로 훑고 눈에 걸리는 학과를 선택했다. 지원해보자. 뭘 배우는지 모르지만 내 길이면 열리고 아니면 닫히겠지. 어디든 매일 갈 곳이 생긴다면야.

논문 주제가 뭐예요?

●

얼떨결에 사회복지를 공부하게 되었다. 그것도 정신보건학을. 관심 주제가 뭐냐는 질문에 차마 '나'라고 답하지는 못했지만, 이왕 이렇게 된 김에 주제 삼아보기로 했다. 애를 써도 잡히지 않고 와르르 무너진 내 정신줄의 이유를 밝혀보자. 나와 남편, 난임을 겪은 부부의 삶과 그들의 마음건강에 대해 공부해보자.

엄마의 우려대로 공부는 쉽지 않았다. 그러나 초등학교 여름방학 이틀 만에 해치우던 탐구생활처럼 재미가 있었다. 세상에 난임 부부가 얼마나 많은지. 똑같지는 않지만 비슷한 사연들을 읽느라 시간 가는 줄을 몰랐다. 나만 그런 게 아니었구나. 이 사람도 이렇게 아팠구나. 나만 세상천지 모질이인 줄 알았는데 반응의 차이가 있을 뿐 모두가 받아들이기 힘든 사건 앞에서 무너지는 경험을 했다. 언젠가 책에서 '나에게 일어난 일은 시차를 두고 누군가에게도 반드시 일어난다'라는 내용을 읽은 적이 있는데, 정말 그랬다. 선후배들이 전 세계에 널려 있다.

대학원에 입학한 지 얼마 되지 않아 한 선배와 이야기를 나눌 기회가 생겼다.

"논문 주제가 뭐라고 했지?"

"난임이요, 전 난임 부부의 정신건강에 대해 써보고 싶어요."

"그래? 나도 관심 주제 중 하나인데. 음… 물어봐도 괜찮을지 모르겠는데, 혹시 난임이니?"

"네, 하하하. 어떻게 하다보니까 그렇게 됐네요."

"응, 그랬구나. 우리도 그랬어. 검사해보니까 남편이 그렇더라고. 우리 집 쌍둥이들이 시험관 해서 낳은 애들이야."

난임에 대해 감정을 섞지 않고, 자신의 입장을 변명하지 않으며, 건조할 정도로 사실만을 이야기하는 사람은 처음이었다. 난 여전히 아기나 난임 이야기만 꺼내도 눈시울이 벌겋게 변하는데. 이 선배 뭐지?

수많은 논문들을 뒤지니 난임과 불임을 겪어도 그 이후의 삶에 대해 사람마다 다른 방식의 선택을 하고 있었다. 평생을 우울함 속에 사는 사람도 있고, 아이 없는 삶을 받아들이기 어려워 이혼을 선택하는 이도 있었다. 또 어떤 사람은 배우자 아닌 사람을 통해 아이를 낳아 살기도 하고, 딩크 부부의 재미를 찾는 사람도 있었다. 가장 당황스러운 경우가 바로 이런 선배 같은 사례다. 무심한 듯 현실을 받아들이고 삶을 이어가는 사람들. 결과와 상관없이 감정의 동요가 크지 않은 사람들.

분명 쓰라리게 아픈 시간들이 있었겠지만 이런 카테고리의 사람들은 인정하기 어려운 현실을 잘 받아들이고 삶을 이어간다. 심지어 부부관계가 더 좋아진 경우도 있었다. 아이를 낳고 못 낳고의 결과가 아니라 닥친 시간을 해석하는 방법에 차이가 있었다. 울고불고 파국을 상상하던 나와 달리 이런 밋밋한 반응을 보이는 사람들 때문에 맥이 빠진다. 나처럼 멘탈이 나가고 쓰러진 사람들에게 대부분의 정이 쏠리지만, 그 반대편에 있는 사람들이 멋있어 보인다.

대학원 마지막 학기, 논문이라는 형식을 빌려 앞으로의 삶에 대해 다짐하는 진심을 담았다. 아이 갖는 문제는 종결되었지만 앞으로 만나게 될 어려움에 대한 나의 반응을 선택하기로. 신입사원 때 일을 배우느라 매일 밤 울고 쩔쩔매는 내게 멘토였던 차장님이 해준 말이 생각난다. 좀 세련되게 하라고. 그때는 문서나 옷차림, 말투를 이야기하는 줄 알았는데 지금에서야 진의를 알겠다. 울화병 터지는 일터에서 그분이 돋보였던 이유를. 차장님은 세련된 선택을 하는 사람이었다. 그르치는 것이 아니라 해결하고, 남이 아닌 자신이 만족하되 누구나 수긍이 가는 선택을 하는 사람. 모두가 망했다고 생각할 때 의외의 결과를 내놓는 사람. 때로는 화를 내지만 이내 이성적인 자신으로 돌아오는 사람. 나도 세련되어지고 싶다. 피할 수 없는 불행 앞에. 내 삶을 세련된 선택들로 채워보고 싶다.

엄마가 아니어도 너를 사랑해

'남'이 아닌 '나' 돕자고

•

"정말 안아봐도 돼요?"

홍이를 만났다. 바닥에 누워 팔다리를 버둥거리며 옹알이를 하는 중이었다. 쭈뼛쭈뼛 서 있는 나를 보육원 선생님이 반겨주셨다. 정말 안아봐도 괜찮은지 재차 확인한 뒤에야 자리를 잡고 앉았다. 작은 홍이가 내 품에 쏙 들어왔다. 이제 막 햇빛에서 걷어 올린 솜이불처럼 폭닥폭닥하고 보드라웠다. 작은 숨을 쉴새없이 내뱉는 아기의 얼굴을 찬찬히 들여다보았다. 커다란 눈망울과 뽀얀 피부, 가느다란 턱선까지 배우 송중기를 닮았다.

홍이는 사람들이 흔히 말하는 베이비박스 아기다. 낳은 분들의 애석한 연유는 알 수 없지만 한 교회의 베이비박스를 거쳐 보육원에서 자라게 되었다. 같은 방에서 하루를 보내는 친구들도 대부분 베이비박스 아기다. 사전 지식이 전무했던 나는 아기들을 만난 지 한참이 되어서야 알았다. 그리고 무수히 많은 아기들이 베이비박스에 홀로 놓여진다는 사실에 가슴이 무너졌다.

뭔가 사회적으로 뜻깊은 일을 하거나 이력서에 한 줄을 보태기 위함이 아니었다. 그저 내 안의 두려움을 쫓기 위해 봉사활동을 시작했다. 아이를 낳는 문제에서는 벗어났지만, 아이를 보는 문제에서는 여전히 자유롭지 못했기 때문이다. 마트에서 유모차에 탄 아기만 마주쳐도 눈물이 주르륵 흘렀으니 중증이었다. 평생을 아이들을 피해 살 수 없으니 맞닥뜨리기로 결심한 것이다.

대학원 동기의 소개로 찾아간 보육원 앞, 한참을 망설였다. 내 욕심에 아기들을 만나도 되는 걸까? 혹시라도 아기들을 보는 것이 더 힘들어지거나 우울해지면 어떡하지? 잘할 수 있다며 큰소리 뻥뻥 치고 왔지만, 두려웠다. 힘들면 하루만 갔다 와도 된다고, 그것만으로도 정말 훌륭한 거라 말하는 남편의 말이 생각났다. 그래, 일단 들어가보고 못하겠으면 죄송하다고 하고 나와버리지 뭐. 보육원 계단을 힘차게 걸어 올라갔다. '똑똑똑' 아기들이 자고 있으니 조용히 들어오라는 안내 문구를 확인하고 조심스레 방 안으로 들어갔다. 홍이를 만났고, 나는 5분도 지나지 않아 반해버렸다.

내 사랑 홍이

●

　단 한 번, 선생님이 좋았던 적이 있다. 천사들의 합창에 나오는 히메나 선생님처럼 곱고 다정한 분이었다.

　"선생님, 선생님은 어떻게 선생님이 됐어요?"

　"음… 수학선생님이 너무 좋아서. 그 선생님한테 예쁨 받고 싶어서 매일매일 수학 공부를 했어. 모르는 문제를 찾아서 다음 날 선생님을 찾아갔거든. 그러다보니까 교과서도 다 보고, 이 문제집 저 문제집 다 풀게 됐지. 나중엔 모르는 문제가 없게 됐는데 그때 수학이 정말 좋아졌어. 그리고 수학선생님이 되겠다는 꿈이 생겼지."

　나 또한 그리 되리라 굳은 결심을 했다. 수학 문제집은 다섯 장을 채 넘기지 못했지만, 매일매일 새로운 구실을 만들어 선생님을 찾아갔다. 끈기 있고 성실하게.

　20년이 지난 지금도 나는 끈기 있고 성실하다. 보육원에 다녀온 뒤로 틈만 나면 홍이 생각이 났다. 오늘 이유식은 잘 먹었는지, 트림하다 올리지는 않았는지, 혹 배밀이를 하다 머리를 쿵 하지는 않았는지 걱정됐다. 봉사활동이 있는 날이면 뒤도 안 돌아보고 보육원으로 달려갔다. 빨리 홍이를 만나야 하니까. 어깨 위로 번쩍 들어올리면 까르르 웃음이 터지는 홍이가 예뻤다. 저명한 의사 선생님과 뛰어난 상담사도 하지 못한 일을, 홍이가 해냈다.

홍이를 안아주면 현이가 와서 안아달라며 벙긋 웃었다. 현이를 안아주면 솜이가 다리에 매달렸다. 홍이를 시작으로 다른 아기들이 하나 둘 눈에 보였다. 아기들과 온몸으로 구르고 뛰며 놀았다. 다른 봉사자들과 선생님들이 보고 있다는 사실을 자각할 때면 민망했지만, 뭐 아무렴 어때. 한바탕 놀고 땀범벅이 되면 편의점에 갔다. 캔커피를 벌컥벌컥 들이마셨다. 육아에 커피가 필수라는 사실을 그때 처음 알았다. 집으로 돌아가는 지하철 창가에 아기들의 얼굴이 동그랗게 떠올랐다.

우리 함께 할까요?

●

"뭐가 그렇게 좋은 거야?"

봉사활동 다녀온 날은 낮빛이 다르다며 남편이 물었다. 좋으니까 좋은 거지 좋은 걸 어떻게 말로 다 표현할 수 있을까. 아기들을 만난 지 반년째, 남편도 따라나섰다. 입이 닳도록 칭찬한 홍이도 만나고 신생아 여드름 때문에 사춘기 형아 같은 요한이도 만났다. 날 때부터 귀가 들리지 않아 말이 서툰 정이도 만났다. 남편은 네가 정이구나, 요한이구나, 홍이구나, 한눈에 알아보며 반가워했다. 나는 보았다. 그가 얼마나 아이를 사랑하는 사람인지를. 그동안 나 때문에 내색도 못한 채 가슴 한켠에 움켜쥐고 살았음을.

틈이 보이면 아기들 옷과 신발을 샀다. 그리고 틈이 없던 가을, 공모전에 나갔다. 상금 타서 아기들 크리스마스 때때옷을 사는 것이 목적이었다. 뒷걸음치다 얼떨결에 보건복지부 장관상을 받았다. 12월 24일, 남편 옷밖에 살 줄 몰랐던 내 손에 아기들 내복 박스가 들려 있었다. 감사하게도 민망한 소문을 접한 남편의 지인 한 분이 지속적인 후원을 약속했다.

바쁜 자신을 대신해 좋은 일을 해달라고. 나는 아기 옷가게의 만수르, 아니 메신저가 되어 아기들에게 필요한 물건을 날랐다. 사연을 궁금해 한 옷가게 사장님이 자신도 꼭 동참하고 싶다며 아기 양말이며, 손수건, 인형 등을 매번 챙겨주었다.

아기 바라보는 것이 힘들어서 시작한 일이다. 내 아이가 없어서 허전하고 울적한 마음을 달래고 싶었는지도 모른다. 어른들은 나를 '아이가 없어 슬픈 사람'으로 정의했지만, 아기들은 나를 '반갑고 헤어지면 섭섭한 사람'으로 대해주었다. 나는 아기들을 '베이비박스 아기'가 아닌 '사랑둥이'의 시선으로 보았다. 우리는 서로를 편견 없이 마주했다. 엄마가 아니어도 사랑할 수 있다. 그것은 조건 없는 사랑이었고, 그 사랑으로 나는 두려움의 껍질을 또 한번 벗었다.

결혼 전, 오랜 시간 청첩장 문구를 고민하던 남편이 성경 말씀 하나를 보내 왔다. '사랑 안에 두려움이 없고 온전한 사랑이 두려움을 내쫓나니.' 허투루 보았던 그 말씀이 오늘따라 더 가슴에 닿는다.

● 제 2 부 ●

지난하고 오랜
우리의 출산

가보지 않은 여행을 떠나려 해

반대로 걸어가기

●

"자네 올해 몇이지?"

"부사장님, 뭐 그런 걸 허허허. 올해 마흔다섯… 됐습니다."

"도대체 이유가 뭐야? 적극적으로 노력은 하는 거야?"

"그게 노력은 하는데, 마음대로 잘 안되더라구요. 사람 만나기도 생각보다 어렵고…."

스물아홉에 다녔던 회사는 유독 회식이 잦았다. 부사장님과의 회식자리에서, 미혼의 박 차장에게 화살이 돌아갔다. 관심인지 애정인지 그것도 아니면 그냥 까고 싶은 건지 알 수 없는 공격. 박 차장은 쩔쩔맸다. 함께 듣는 것이 민망하다. 내 차례가 오지 않기를 간절히 바라며 눈앞에 놓인 참치회에 시선을 고정했다.

"지금까지 박 차장이 살던 것과는 정반대로 한번 살아봐. 오른쪽으로 가고 싶으면 왼쪽으로 가고, 밥이 먹고 싶으면 파스타를 먹어. 집에만 있지 말고 동네 개천이라도 나가봐. 하고 싶은 것, 딱 반대로 일 년만 살아보라구. 그럼 무슨 일이 일어나도 날 테니."

반대로? 나한테 하는 말 같았다. 꼬박꼬박 갚아야 하는 대출 이자와 나만 바라보는 엄마, 틈을 주지 않고 쏟아지는 프로젝트, 비열한 상사, 시기와 오해로 똘똘 뭉친 사람들, 술을 아무리 마셔도 이내 돌아오는 아침. 늘 바보 같은 나. 정말 반대로 하면 이 모든 것과 이별할 수 있을까? 진심으로 궁금했다. 삶의 무게가 죽기보다 고통스러웠던 가을, 궁금함을 해소하기로 했다. 작은 상자에 소지품을 쓸어 담고 무작정 회사를 나왔다.

다음해 겨울 캐나다 몬트리올, 나는 눈밭에 누워 있었다. 룸메이트가 알려준 대로 팔다리를 위아래로 파닥거렸다. 몸집만 한 스노우엔젤이 만들어졌다. 솜털 같은 눈이 무성영화의 마지막 장면처럼 내렸다. 속눈썹에 눈이 얼어붙었다. 긴 여행을 했다. 해외에 가본 적이 없어 후배가 어학연수를 다녀왔다는 도시로 무작정 떠났다. 눈을 질리도록 볼 수 있다는 단순한 이유에서였다. 늘 하던 결정과는 반대로, 살아봤다.

한 번도 가보지 않은 그곳으로

●

몬트리올에 다녀와도 현실은 크게 달라지지 않았다. 오히려 출근할 직장이 없어지고, 통장 잔고는 바닥났으며, 그나마 내세울 수 있었던 대기업 간판도 더 이상 내 것이 아니었다. 하지만 가지 않았더라면 평생 만날 수 없는 사람들, 가질 수 없는 경험들, 해보지 못한 생각들을 얻었다. 그리고 가시인 줄 알면서도 빼내지 못했던 일들을 내 손으로 뽑을 수 있는 힘이 자라났다. 6개월간의 무모한 여행은 나의 선택에 따라 다르게 살아갈 수 있다는 것을 가르쳐주었다. 이후로 어떤 결정을 내려야 할 때면 여행을 간다. 낯선 곳에서의 하루가 다른 삶에 대한 용기를 줄 것을 알고 있기에.

"여보, 이번 여름휴가 어디로 가고 싶어?"
"글쎄… 우리 일본에 갈까? 이왕이면 한번도 가보지 않은 곳으로."

결혼 후, 일본은 여행지 후보에서 늘 제외였다. 언제 임신을 하게 될지 모르니 방사능 위험이 있는 곳은 무조건 안 된다는 논리였다. 하지만 그런 염려는 할 필요가 없게 되었다.

불임이라는 사실이 이렇게 홀가분한 이유가 되기도 한다. 막상 아이 갖는 문제에서 자유로워지니 방사능 따위 상관없었다. 무작정 가자. 항공 사이트를 검색했다. 가장 낯선 곳을 골랐다. '오키나와'라는 이름이 눈에 들어왔다.

작은 경차 한대를 빌려 오키나와 곳곳을 달렸다. 숲속 구비 구비, 꽁꽁 숨어 있는 카페를 찾아 차를 마셨다. 모래알이 예쁜 바다를 만나면 파도에 뛰어들었다. 동그랗고 귀여운 도넛을 마음껏 먹었다. 낯선 바다와 산, 거리, 사람들. 어색함 속에서 자유로움을 누렸다. 섬이라는 사실 하나만 알고 떠나서일까? 마주하는 모든 것이 신기했다. 블로그와 인스타그램을 열심히 뒤지고 꼼꼼한 계획을 세웠더라면 어땠을까. 길을 잃을 일도 시간을 허비하는 일도 없었겠지. 하지만 뜻밖의 순간에 예기치 못한 기쁨을 얻지는 못했을 것이다. 위치도 알지 못하고 들어간 남루한 숙소는 인적이 드문 바닷가 앞이었다. 덕분에 우리만의 프라이빗 해변을 매일 아침, 무료로 즐겼다. 강아지와 산책하는 사람들과 눈인사를 나누고, 조깅하는 동네 아저씨의 탄탄한 근육에 자극을 받아 다음 날 덩달아 달리기도 했다. 출출해서 들어간 편의점에서 인생어묵을 만났다. 더위 끝에 아이스크림 하나 입에 물고 숙소로 돌아오는 길, 꼭 잡은 남편의 손이 다정했다.

"있잖아. 나 지금 천국에 누워 있는 것 같아."

"응? 그게 무슨 소리야?"

"만약 하나님께서 천국의 모습을 선택하게 해주신다면, 지금 이 순간 여기여도 좋을 것 같아."

이름도 예쁜 에메랄드 비치, 바다 위 튜브에 누워 있었다. 쨍한 햇살이 눈이 부시고 바람이 기분 좋게 살랑였다. 눈을 감았다. 지난 몇 년간의 우리를 생각했다. 말과 표정을 잃어 나이를 가늠할 수 없던 내 얼굴, 서재에서 홀로 흐느끼던 남편의 어깨. 그리고 보육원에서 만난 사랑스러운 아기들의 웃음. 아이 갖는 게 뭐라고. 그 누구도 강요하지 않았는데 스스로를 감옥에 가두고 있었다. 나는 아이를 낳고 싶었던 걸까, 아니면 엄마가 되고 싶었던 걸까.

옷을 갈아입고 차에 올라탔다. 시원한 에어컨이 반갑다. 시동을 걸고 점심 먹을 곳을 찾아 달리기 시작했다. 창밖에 흘러가는 나뭇잎에서 싱싱하고 맑은 향기가 났다. 무심히 입을 열었다. 여행을 오기 전부터 고민했던 말. 이제는 꺼내도 될 것 같다.

"여보, 우리 아기 입양할까?"

"입양? 정말? 정말 그래도 돼?"
"당연하지, 당신만 괜찮으면 난 하고 싶은데, 어때?"

남편이 믿기지 않는다는 듯 쳐다봤다. 먼저 꺼낼 수 없었던 그의 마음을 안다.

지금처럼 살아도 잘살 수 있다. 함께 저녁을 먹고, 일터에서 사람들을 만나고, 때때로 울적하면 여행을 가기도 할 것이다. 둘이 버니 조금 더 여유가 생길지도 모른다. 배우고 싶은 것들을 배우고, 원하면 언제든지 심야영화를 볼 수도 있다. 신혼시절 겪은 일들로 마음 한켠이 아프겠지만 꿋꿋이 살아갈 것이다. 하지만 지금이 아니면 할 수 없는 선택을 해보고 싶다. 그 선택에 어떤 책임과 고통이 뒤따를지 알 수 없지만, 반대로 한번 가보자. 그리고 그 길 위를 함께 걸을 친구가 있으니 얼마나 든든한가.

2016년 여름이었다.

"지금까지 살던 것과는 정반대로 한번 살아봐.
오른쪽으로 가고 싶으면 왼쪽으로 가고
밥이 먹고 싶으면 파스타를 먹어.
집에만 있지 말고 동네 개천이라도 나가봐.
하고 싶은 것, 딱 반대로 일 년만 살아보라구.
그럼 무슨 일이 일어나도 날 테니."

49개의 서류, 감당하실 수 있겠습니까

입양 과정에서 마주하는
수많은 서류에 대처하는 법

●

단언컨대 입양은 서류와의 싸움이다. 아기를 만나기까지 견뎌야 할 시간의 무게만큼 준비해야 할 서류와 거쳐야 할 행정 절차가 무겁다. 사전에 그런 것들을 꼼꼼히 알아보았다면, 솔직히 멈칫했을 것 같다. 준비성 없고 희망찬 성향 덕분에 겁없이 덤볐지만 우왕좌왕하면서 2년을 보냈다.

"여보, 아직 양육계획서 다 안 적었어?"

"혜연아, 이왕 쓰는 거 잘 쓰고 싶은데 조금 더 기다려주면 안될까? 자꾸 보채면 마음이 급해져서 잘 못 쓸 것 같아. 12월 안으로는 꼭 쓸게."

서울시아동복지센터에서 제출해야 할 서류 리스트를 받은 지 두 달째. 남편은 여전히 양육계획서를 작성하고 있었다. 하루 만에 자기소개서와 양육계획서를 작성한 나로서는 속이 바짝 타들어갔다. 하루라도 빨리 아기를 만나고 싶은데, 아직 서류 제출조차 못하다니. 마음 같아서는 책상에 앉혀놓고 한 시간 내로 마무리 지으라고 윽박질하고 싶었다. 사람들이 말하는 성격 차이가 이런 건가. 진중한 성격의 남편은 글을 고치고, 고치고 고쳐서 작품으로 다듬어갔다.

사실 기다려야 하는 서류들이 또 있었다.

"○○병원이죠? 혹시 입양 관련 건강진단 하시나요?"
"네? 뭐라구요? 입영이요? 군대 말씀하시는 거예요?"
"어 아니요, 아기 입양이요. 일반 건강검진에 약물 중독이랑 알코올 중독 검사가 들어가면 된다고 하는데요."
"아 저희는 안 합니다."

입양 건강진단에 대해 질문하고 설명하기를 수십 번, 집 근처에 있는 모든 병원을 뒤졌지만 건강진단서를 발급해주는 병원을 찾지 못했다. 결국 집에서 2시간 거리의 병원에서 검진이 가능하다는 사실을 발견했고 다급하게 전화를 걸었다. 하지만 입양 건강검진 예약이 밀려 3주 후에나 가능하다는 답변을 받았다. 그래도 그게 어딘가. 감사하다는 말을 몇 번이나 거듭했다. 검진은 생각보다 간결했고, 일주일 뒤에 결과가 나왔다.

"여보세요, 김혜연 씨 되시나요?"

"네, 저 맞는데요."

"아 여기 ○○병원인데요. 지난번 검사하신 거 결과가 나와서요. 혹시 그날 뭐 드신 거 있으세요? 약물검사에서 이상 반응이 나왔는데, 특별한 약 같은 것 드시나 해서요."

약은커녕 금식하라고 해서 물조차 제대로 마시지 않았다. 그런데 약물반응이라니. 다시 한번 검사를 진행하기로 했다. 다시 예약, 그리고 기다림. 2주 뒤 이상소견 없음 판정을 받았다. 무슨 영문인지 알 수가 없다. 심리검사도 크게 다르지 않았다. 지정된 임상심리사와의 예약, 검사, 결과 통보까지 참 길었다. 한없이 늘어지는 시간에 분이 났다. 그래도 한 생명을 만나기 위해 필요한 과정이니까 감내하자. 감사히 생각하자 다짐했다. 3개월 동안 준비한 서류는 29개. 이제 끝이다.

처음이자 마지막 끝이고 시작인

●

"어머니, 서류 잘 받았습니다."

서울시아동복지센터 담당자의 반가운 전화다. 봄이 되면 아기를 만날 수도 있다는 생각에 한껏 기분이 들떠 전화를 받았다.

"네, 선생님. 생각보다 시간이 조금 더 걸렸어요. 이제 다 된 거죠? 아기는 언제 만나요?"

"아 그게 말이죠. 추가 서류가 조금 더 필요할 것 같아요. 작년에 전달해드리지 못한 것도 있고. 어머니 심리검사 결과나 의료기록 때문에 더 필요한 것도 있구요. 제가 서류들 메일로 보내 드릴 테니까 한번 확인해보세요."

가슴이 무거웠다. 난임 때문에 정신과 치료를 받은 것이 문제가 된 걸까. 마음을 다잡고 메일을 열어보니 다음과 같이 적혀 있었다.

개인정보 제공 동의서 (오케이)
근로활동 및 소득신고서 (오케이)

근로소득확인서 (위의 것과 무슨 차이?)

납세증명서, 지방납세증명서, 잔액증명서 (그러니까… 무슨 차이?)

입양 부모 적격 추천서

우울증에 대한 의사 소견서

두 개의 항목에 눈이 갔다. 올 것이 왔구나. 왜 예감은 빗겨가는 법이 없는 걸까? 그래, 이왕 이렇게 된 거 더 잘 준비해서 나와 남편이 한 아이를 양육하기에 정서적으로 안정되어 있다는 사실을 증명해내자. 입양 부모 적격 추천서는 우리 부부를 잘 아는 지인의 추천서면 된다고 했다. 남편은 십 년 넘게 알고 지내며 기도해주셨던 목사님께 추천서를 부탁했다. 그리고 나는 지도교수님께 조심스럽게 말을 꺼냈다. 가족 외에는 아무에게도 알리지 않았던 입양에 대해 이렇게 남에게 말을 하게 될 줄 몰랐지만.

양식을 전달한 지 하루 만에 두 분에게서 답장이 왔다. 정성어린 글에는 우리 부부에 대한 애정과 신뢰, 힘 있는 추천의 말이 담겨 있었다. 목 안쪽 깊숙이 두껍고 뜨거운 무언가가 느껴졌다. 우리를 증명해내기 위한 끝 모를 사투 속에 든든한 지지자를 얻었다.

2년간 나를 지켜본 의사 선생님을 찾아갔다. 한마디도 나오지 않아 종이에 글씨를 써서 상담했던 그 자리에 다시 앉았다. 의사를 만나면 또 눈물이 덮칠까봐 두려웠는데, 환하게 반겨주는 눈빛에 마음이 놓였다. 한 시간 정도 대화를 나눴을까. 내 손에 소견서 한 장을 쥐어주었다. 과거에 주요 우울장애가 있었으나 현재는 그 증상을 발견할 수 없다는 내용이었다. 허무할 정도로 짧고 건조한 그 글이 얼마나 많은 의미를 내포하고 있는지 사람들은 모를 것이다. 의사로서 이런 소견서를 적는 것이 얼마나 부담이 되는 일인지 짐작조차 하기 어렵지만 마음을 다해 감사했다. 참 좋은 의사 선생님을 만났구나, 그래서 이렇게 빨리 회복될 수 있었구나.

부담으로만 느껴졌던 추가 서류가 힘든 시절 우리를 도왔던 분들을 기억하게 해주었다. 그동안 기도와 상담, 강의와 치료로 전달받았던 진심을 정돈되고 따뜻한 글로 선물 받았다.

그럼에도 입양을 합니다

●

이후로도 서류 제출은 끝없이 이어졌다. 두 달을 기다려 부모교육 이수증을 받았고, 유효기간이 지난 서류들을 다시 제출했다. 두 차례의 가정방문 끝에 가정방문 조사서가 나왔다. 아기를 입양한 뒤 필요한 서류가 추가되었고, 법원 판결이 난 이후에는 행정적으로 제출해야 하는 것들이 뒤따랐다. 남편과 나의 이름 아래 딸아이의 이름이 적히기까지 셀 수 없이 많은 서류들이 오고 갔다.

아이를 낳으면 출생신고만 하면 된다는데, 입양은 왜 이렇게 어려운 걸까. 담당자의 전화가 점점 받기 싫어지고 낯선 이름의 서류가 더해질 때마다 맥이 풀렸다. 내가 이렇게 가진 것이 없었나, 보잘 것 없는 숫자 앞에 어이가 없었다. 잠재적인 아동학대 행위자 취급을 받는 것 같아 기분이 상했다. 우울했던 이유가 난임 때문인데, 우울하면 입양이 어려울 수도 있다는 말이 모순처럼 들렸다. 강도의 차이가 있겠지만 아이를 가질 수 없다는 말을 듣고 우울하지 않을 사람이 어디 있을까? 서류 몇 장으로는 전달하기 어려운 썩 괜찮은 내가 있는데 증명하기가 어렵다. 여러모로 억울하다.

그럼에도 이 모든 과정을 달갑게 받아들인 것은 우리와 한 가족이 될 아기를 생각해서였다. 아기에게 새로이 만나게 될 부모는 미지의 세계다. 얼떨결에 만난 엄마 아빠가 흔들린다면 아기의 세계도 흔들릴 수밖에 없다. 내 욕심만으로 입양을 진행할 수는 없다. 이미 헤아리기 어려운 아픔을 겪은 아기를 위해 최소한의 검증 과정은 당연한 절차다.

서류의 징검다리를 밟으며 앞으로 걸었다. 사이가 너무 멀어 용기를 내어 펄쩍 뛰어야 했고, 끝이 보이지 않는 길에 막막하기도 했다. 하지만 손잡고 함께 걷는 사람이 있었고 파이팅을 외치는 이들이 있었다. 한낱 종이 쪼가리에 불과하지만 한 장 한 장 야무지게 밟으니 내가 보이고, 우리가 보였다. 그리고 그 길 끝에 우리 아이가 있었다. 이보다 더 멋지고 드라마틱한 여행이 있을까.

오늘 아기를 만나러 갑니다

아기 선보기의 최후

●

"딸아이였으면 좋겠습니다."

앳된 얼굴을 한 담당 선생님의 질문에 짤막하게 대답했다.
입양기관에서 진행한 첫 상담 자리였다. 사회생활 12년차,
온갖 면접을 치러 왔지만 이토록 간절한 적이 없다. 진솔하고
담담하게 대답하려 했지만 긴장감을 감출 수 없었다. 혹여 말
하다 눈물이라도 흘리게 되면 어쩌지. 가감 없는 질문이 이어
졌다. 나와 우리 부부, 양가 가족, 경제적 상황, 난임, 우울증,
입양하려는 이유, 입양 후 계획… 처음 만난 사람에게 털어놓
기 어려운, 아니 털어놓고 싶지 않은 이야기들을 해야 했다.
새로운 가족을 맞이하게 될 아기 입장을 생각한다면 이보다
더한 과정도 거쳐야 하는 게 맞다. 그러나 결국 눈물이 뚝 떨
어졌다. 단단한 사람으로 보이고 싶었는데, 실패다.

"어머님은 어떤 아기를 입양하고 싶으세요?"
"저희 엄마요?"
"아니요, 어머님. 그러니까 입양하실 선생님 본인이요."

083

단 한 번도 들어보지 못한 '어머님'이란 호칭에 당황스러웠다. 마치 결혼 준비를 하면서 '신부님, 신랑님'이라는 말을 처음 들었을 때처럼. 남편도 어색한지 자꾸만 "저희 아버지요?"하고 되묻는다. 한 시간 남짓 이야기를 나눈 뒤 마지막으로 어떤 아기를 만나고 싶은지 물었다. 사실 남자 아이든 여자 아이든 상관없다. 딸 바보로 살아보는 것이 소원이라고 한 번만 자기 부탁을 들어달라는 남편의 말이 떠올랐을 뿐. 이런 질문을 받는 것만으로도 이미 가슴이 벅차다. 딸을 원한다는 단순하고 명료한 답을 끝으로 상담을 마쳤다.

"어머니, 논문 다 끝내셨죠? 이제 아기 만나도 될 것 같은데요. 저도 아직 보지는 못했는데 건강하다고 하네요?"

애타게 기다린 전화가 걸려온 건 한낮의 교정에서였다. 대학원 마지막 학기, 졸업을 앞둔 무렵이었다. 아기가 집에 오면 졸업하기 어렵다는 담당 선생님의 조언에 따라 아기와의 만남을 6개월째 미룬 상태였다. 논문이 늦어지면 아기도 늦게 만난다는 생각에 불도저처럼 나 자신을 몰아붙였다. 그리고 드디어 아기를 만나게 되었다.

사실 정해진 아기가 있었던 게 아니다. 입양이란 시스템은

묘해서 아기가 나타날 때까지(?) 무작정 기다려야 할 수도 있고, 우연히 시기가 맞아 쉽게 만나기도 한다. 졸업을 하더라도 한참을 기다릴 수도 있다. 그런데 이렇게 알맞은 때에 연락이 오다니. 그동안의 애달픔과 이해할 수 없던 상황들이 조각조각 맞춰지는 기분이었다. 우리 학교가 이렇게 예뻤나? 더위에 늘어진 넝쿨마저 싱그러워 보였다.

아기를 만나러 가는 날, 옷장에서 가장 깔끔하고 화사한 옷을 꺼내들었다. 첫 데이트를 하는 마음이 이보다 더 설렐 수는 없다. 안내받은 보육원으로 가는 동안 남편과 마음껏 상상해 보았다. 어떻게 생겼을까? 키는 클까? 쌍꺼풀은 있을까? 밥은 잘 먹을까?

보육원 원장님과 인사를 나누고 아기가 있는 곳으로 갔다. 예쁘장한 여자 아기가 누워 있었다. 이제 막 목욕을 마친 아기의 몸에서 풋풋한 살내음이 났다. 한눈에 보아도 선생님들께서 정성껏 돌봐온 것을 알 수 있다.

"한번 아기와 시간을 가져보세요. 가족이 되면 어떨지, 대화를 나눠보셔야죠."

어리둥절했다. 만나면 그대로 결정되는 것이 아니었던가. 무슨 말을 해야 할지 몰라 아기의 눈을 쳐다보았다. 아무런 미동이 없다. '까꿍~ 만나서 반가워 아가야' 웃음을 지어보았다. 어색한 정적이 흘렀다. 우리가 마음에 들지 않는 걸까? 작은 아기의 움직임과 표정 하나에 마음속 동요가 일었다. 이럴 땐 어떻게 해야 하는지 누가 좀 알려줬으면. 행복하지가 않다. 분위기를 파악한 담당 선생님이 아기를 몇 번 더 만나보고 결정하기를 권했다.

집으로 돌아오는 길, 양쪽 어깨가 무너지는 것 같았다. 무엇이 우리를 어색한 기분에 휩싸이게 만든 것일까. 고대했던 순간 기쁨과 감사가 아닌 낯설고 성긴 감정을 느끼게 된 이유가 무엇일까. 남편과 밤늦도록 대화를 이어갔다. 다른 사람들의 조언대로 몇 번 더 만나보면 친근해질 수도 있을 것이다. 하지만 우리 둘만이 느낀 어색함이 있다. 그것은 아기의 외모나 기질과는 상관없는 별개의 무언가다. 아무리 주변에서 아빠 될 사람과 아기가 닮은 것 같다고 부추겨도 설득당할 수 없는 명백한 자각 같은 것.

헤아릴 수 없을 만큼 많이 아기와 만나는 날을 상상했다. 그리고 첫 번째 만난 아기와 한 가족이 되리라 다짐했다. 낳은 자식을 선택할 수 없듯이 입양도 마찬가지라고 생각했기 때문이다. 종종 두 번째 만난 아기와 가족이 되었다는 이야기를 들은 적 있지만 속으로 생각했다. 이기적이라고. 하나님께서 주신 자식인데 감사히 받아야지 어떻게 물건 고르듯 고를 수 있냐고. 남들보다 어렵게 돌고 돌아 만났으니 더 감사해야 하는 일 아니냐며 비난했다. 그런데 그런 사람이 바로 나라니. 숨고 싶었다. 죄책감이 몰려왔다. 하지만 다른 사람들의 시선과 윤리적 의무감 때문에 아기를 입양할 수는 없다. 잠시 멈춰서자. 원점으로 돌아가서 생각해야 한다.

끝을 알 수 없는 시간이 시작되었다. 입양에 대한 확신이 차오르면 다시 움직이기로 했으나 매번 죄책감과 두려움이 앞섰다. 섣불리 아이 선보기를 다시 진행하다 마음의 준비가 되지 않은 나를 만나게 된다면. 아이를 만난 순간 어색한 기분을 또 느끼게 된다면. 입양과는 영영 멀어질 것 같아 두려웠다. 그렇게 계절이 두 번 바뀌었다. 대학원을 졸업하고 취업을 했다. 치열하게 고민하고 때론 놓아버리면서 입양에 대해 줄다리기를 했다. 그리고 마음이 정돈되어 갈 무렵 다른 보육원에서 봉사활동을 시작했다.

어렵게 찾아간 보육원. 원장님은 우리 부부의 이야기를 귀

담아 들어주었다.

"충분히 그럴 수 있어요. 가족이 되는 문제인데 어떻게 단번에 이 아이예요 할 수 있겠어요? 오랫동안 지켜보니 부모님과 아이들이 다 제 짝이 있더라구요. 우리 생각에 이 아이가 이 부모님과 잘 어울리겠다 싶지만, 정작 다른 아이와 연결되기도 해요. 가족은 가족이 알아보지 다른 사람이 추천한다고 되는 게 아닌 것 같아요."

감사해서 고개를 들지 못했다. 아기들과 관계 형성을 하며 관찰해 보라고, 만날 수 있다고 응원해주시는 말씀에 어떻게 감사 인사를 드려야 할지 아득했다. 면담이 끝나자마자 아기들이 있는 방으로 안내해주었다. 뜻밖의 만남에 어안이 벙벙했다.

원장님의 손에 이끌려 들어간 방 안에는 아홉 명의 아기가 함께 살고 있었다. 세 명은 이미 부모를 만나 법원 절차 중에 있다고 했다. 한 명 한 명 눈을 마주보았다. 모두⋯ 가슴이 저릴 만큼, 예뻤다. 그중 한 아이에게 오래 시선이 머물렀다. 바로 어제 배냇머리를 밀었는지 둥그런 머리에는 한 가닥의 머리카락도 남아 있지 않았다. 민둥산 같은 머리가 압도적이어서 이목구비가 상대적으로 눈에 들어오지 않았다. 아이의 얼굴을 들여다보았다. 동그랗고 말랑말랑한 볼 위로 앙증맞은 코와 오동통한 입술, 쌍꺼풀은 없지만 작지 않은 눈, 커다란 펭귄이 그려진 보라색 옷을 입은 모습이 깜찍하다. 말랑말랑한 떡이 생각났다. 밀가루 옷을 입어 폭닥거리고 동글동글한 모양이 예뻐서 자꾸만 만져보고 싶은 찹쌀모찌. 앞으로 이 아이를 모찌라 불러야지. 남편은 아기를 번쩍 들어 안았다. 샛별 같은 눈이 반짝반짝, 까르르르~ 재미있는지 웃음이 굴러간다.

우리 딸, 모찌를 만났다.

집으로 가는 길

모찌 너여서

●

"선생님, 혜린이는요?"

"아, 혜린이, 혜린이는 드디어 법원 판결나서 지난주에 집에 갔어요. 이번에도 지긋지긋할 정도로 오래 걸렸네요."

모찌를 만나고 한 달 뒤 우리는 모찌의 엄마 아빠가 되기로 결심했다. 결정만 하면 바로 함께 살게 될 줄 알았는데 그게 아니었다. 행정 절차의 본 게임이 시작되었다고 해야 하나. 몹쓸 기다림이 또 시작되었다. 어떤 단계를 거쳐야 되는지 알고 있어도 그 시기를 예측할 수가 없다. 난임을 겪으며 기다리는 데 이골이 났다고 생각했는데 아이를 눈앞에 두고 기다리려니 미칠 노릇이었다. 한 시간 거리에 우리 아기가 살고 있는데 집으로 데려올 수가 없다니. 모찌와 같은 보육원에서 지내던 혜린이도 1년간의 기다림 끝에 엄마 아빠와 함께 살게 되었다.

모찌는 베이비박스 아기다. 가족의 달이나 연말에 한번쯤 기사에 오르내리는 그 베이비박스. 흔한 말로 낳아준 사람이 누구인지 알 수 없다. 베이비박스를 운영하는 교회에서 아기를 두고 가는 사람과 마주치는 경우, 편지를 남기도록 하거나 아이를 키우도록 설득하기도 하지만 대부분이 흔적 없이 사라진다고 한다. 아기들은 병원 검진을 마친 뒤 배정된 보육원으로 보내진다. 그리고 가족을 만날 기회를 얻지 못한 채 성인이 되어간다.

기적처럼 가족을 만난 경우라 해도 함께 살기까지 힘든 여정이 남아 있다. 베이비박스 아기들은 호적이 없기 때문에 성본창설(개인의 성씨를 만드는 절차)부터 시작한다. 거듭된 행정 절차가 마무리되면 서류 접수가 시작된다. 부모의 서류와 아이의 서류가 모두 갖춰져야 한다. 법원 접수, 판결, 개명⋯ 떠올리는 것만으로도 숨막히는 과정이다. 자주 있는 사례가 아니기에 담당 공무원들이 실수를 하거나 명절이 끼여 있거나, 인사이동이 있거나, 전혀 예측할 수 없는 어떤 일들이 복합적으로 얽히면! 어떤 단계에 와 있는지 알지 못한 채 무작정 다음 단계를 기다려야만 한다.

보통 아기 입양 하면 홀트나 동방사회복지회 등 유명한 입양단체들을 떠올리는데 그 경로를 통해 입양되는 아기의 다수가 호적이 있는 아기들이다. 낳은 이가 자기 호적에 올린 뒤 입양 보내기로 결정한, 행정적으로 절차를 마친 아기들이다. 그러나 그 수는 많지 않다. 상식적으로 생각해도 아이를 입양 보내면서 자기 서류에 증거를 남길 사람이 몇이나 되겠는가. 바보 같은 절차다. 어쨌든 해당 기관에 속한 아기들의 입양은 행정적으로 보다 빠르게 진행된다.

"여보, 그 사람들 있잖아. 벌써 집으로 아기 데려갔더라."

"누구? 보육원에서 만난 분?"

"아니, 부모교육 받을 때 봤던 그 유명한 사람 말이야. 입양단체에서 진행해서 그런가. 아니면 알려진 사람이라 그런가. 아기를 만나자마자 바로 집으로 데려갔더라구."

"하, 진짜. 이럴 줄 알았으면 우리도 그냥 입양단체에서 할걸 그랬나?"

"아냐, 그럼 우리 모찌 못 만났지. 더 기다려보자."

SNS에 올라온 그 가족의 사진을 들여다봤다. 공주 옷을 입은 예쁜 아기가 엄마 품에 안겨 웃고 있다. 우리랑 비슷한 시기에 입양 준비를 시작했는데 벌써 아기와 함께 살고 있다. 부럽다. 속이 타들어간다. 남편 말대로 호적이 있는 아기를 만났더라면 지금쯤 같이 지내고 있을 수도 있겠지. 하지만 우리 모찌니까, 모찌여서 가족이 되고 싶은 거다. 기다리자. 언젠가는 끝난다. 또 우리가 편견을 버리고 입양에 대한 의지를 가질 수 있도록 도왔던 아기들도 베이비박스 아기다. 감사하는 마음으로 기다리자.

판사님께 드리는 편지

●

우리 가족의 입양을 담당하고 있는 센터의 담당자에게서 전화가 왔다.

"어머니, 아무래도 구정이 코앞이라 더 늘어지지 않을까요? 저도 첫 사례라 잘 모르지만 판사님한테 편지 한번 적어보시는 거 어때요?"

2017년 12월 15일, 법원에 '입양특례법의 입양허가(국내)'를 신청했다. 모찌와 우리 부부의 서류를 제출하고 가족이 되고 싶으니 허락해 달라는 내용이었다. 입양허가 신청도 '사건'으로 분류된다는 사실이 의아했지만 아무렴 어때. 빠르게 판결이 나면 그만이다. 온라인 입양 가족 커뮤니티에서 다른 입양 가족들의 사례를 모조리 찾아보았다.

역시 모든 케이스가 달랐다. 판결까지 짧게는 3개월, 길게는 6개월 이상이 걸렸다. 우리와 비슷한 시기에 접수한 가족 중 한 달 만에 절차가 끝난 경우가 있었는데 입양할 아이가 학교 입학을 앞둔 경우였다. 특별 신청이 가능한 모양이다. 아이를 앞에 두고 마음이 급하지 않은 부모가 어디 있을까. 이성적으로는 이해하면서도 우리 모찌 얼굴을 떠올리니 예외적인 상황에 화가 났다. 심한 경우 가사 조사를 다시 진행하기도 했다. 서류 접수 전에 이미 입양기관을 통해 두 번의 가사 조사를 마친다. 그런데 판결을 위해 또 다시 조사관이 나오게 되면 조사받는 날짜를 잡고 조사관이 보고서를 쓰고 판사는 다시 검토를 하고… 미칠 노릇이다.

모찌와 한방에서 동고동락했던 아기도 법원 과정 중에 가사 조사를 받게 되었다. 집 안 냉장고와 아이들 옷장, 살림살이들을 모조리 열어보는 비인격적인 경험에 아이 엄마는 분통을 터뜨렸다. 이미 첫째 아이를 입양해서 잘 키우고 있지만 둘째를 입양하기 위해서는 더 많은 검증 절차가 필요하다고 했다. 아이 때문에 참지만 참기 어려운 과정이다.

우리의 경우는 첫 번째 입양이기 때문에 그보다 빠르겠지만 답답하기는 마찬가지다. 그래서 뭐라도 해보자는 담당자의 전화가 정말 고맙고 반가웠다. 퇴근 후 차분히 편지를 쓰기 시작했다.

2017년 9월

한가위 명절을 앞두고 엄마, 아빠는 모찌가 살고 있는 곳에 찾아갔습니다.

그곳에서 눈빛이 별처럼 반짝반짝한 모찌를 만났어요!

아빠, 엄마는 모찌의 귀여운 모습에 홀딱 반했답니다.

사진은 모찌와 처음으로 산책을 나간 날이에요.

아빠 품에 안겨서 재미있게 노는 모찌^^

이 날 태어난 지 6개월밖에 안된 아기가 "여기요~!"라고 말을 해서 모두가 깜짝 놀랐습니다.

그 영상을 엄마, 아빠는 소중히 간직하고 있답니다.

2017년 10월

낙엽이 지기 시작하고, 모찌는 엄마 아빠와 산책을 자주 다녔습니다.

외출을 많이 해보지 않아서 밖에 나오면 조금 긴장하지만, 어느새 곧 즐겁게 산책을 즐겼지요.

엄마는 모찌가 혹시라도 감기에 걸릴까봐 털모자를 씌워 주었어요.

피부가 뽀얀 모찌는 특히 고깔모자가 잘 어울리는데요, 아빠는 이 사진을 휴대폰 바탕화면으로 저장해 놓고 사람들한테 자랑한답니다.

2017년 11월

서울에 놀러오신 외할머니와 모찌가 처음 만난 날입니다.

외할머니는 모찌가 왔다며 식사 도중에 뛰어 나오셨어요!

너무 기뻐서 눈물을 흘리시기도 했어요.

영문을 모르는 모찌는 그런 할머니를 빤히 쳐다봅니다.

나이 많은 어르신을 만나면 낯을 가렸는데 외할머니는 예외인가 봅니다.

하품하는 모찌의 얼굴도 무척 귀엽습니다.

2017년 12월

날씨가 많이 추워져서 외출은 하지 않고 보육원 안에서 엄마, 아빠와 만났습니다.

점점 엄마 껌딱지가 되어가는 모찌, 잠이 올 때면 엄마 품에 폭 안겨서 쌔근쌔근 잠이 듭니다.

모찌도 구강기가 시작되었습니다. 무엇이든 입에 넣고 질겅질겅 씹기 시작했는데요.

아~ 하고 입안을 들여다보니 작고 귀여운 이가 났습니다. 그래서 간지러웠나 봅니다.

처음에 잘 기지 못했던 모찌는 이제 두 팔다리로 씩씩하게 기어다니고, 다리를 뻗어 앉은 자세도 할 수 있게 되었습니다.

아빠, 엄마와 더 많이 가까워진 모찌입니다. 이제는 잘 알아보고 엄마, 아빠가 나타나면 환하게 웃으며 반겨줍니다. 그런 모찌를 볼 때마다 감동입니다.

2018년 1월

안타깝게도 보육원에 독감 주의보가 내려졌습니다. 혹시라도 더 많은 아기들이 독감에 걸리면 안 되기 때문에 1월 한 달 동안 자원봉사 불가 조치가 내려졌습니다. 아빠와 엄마는 12월 마지막 날 모찌를 만나러 갔다가 모찌 얼굴을 보지 못하고 돌아왔는데요, 숙소 문 앞에서 얼마나 많이 울었는지 모릅니다. 그래도 우리 아기 건강을 위해서니 엄마 아빠가 힘을 내야겠지요!

감사한 보육교사 선생님께서 모찌 사진을 자주 보내주셨습니다. 한 달 동안 만나지 못했지만, 밥도 잘 먹고 잘 노는 모찌. 참 감사합니다. 그 사이 부쩍 키도 크고 첫 걸음마도 시작했어요. 걸음마하는 영상을 보고 엄마 아빠는 또 한번 눈물을 흘렸어요.

2018년 2월

다시 만난 우리 가족!! 이번에는 모찌가 먼저 엄마 아빠를 환하게 웃으며 맞이해주었습니다.

아빠 얼굴을 만지며 꼼꼼히 확인하는 모찌, 조금이라도 같이 더 놀고 싶어서 도리도리를 하며 잠을 쫓는 모습이 뭉클하기만 합니다.

모찌는 이제 혼자서 열일곱 걸음을 걸을 수 있게 되었습니다. 아장아장 걷는 모습이 천사 같아요!

더욱 놀라운 것은 10개월밖에 되지 않은 아기가 정확하게 "아빠~!"라고 말하는 것이랍니다.

아빠는 너무나 감동을 받아서 모찌를 꼬옥 안아주었어요.

하지만 '이제 아빠, 엄마가 가는 시간이야. 우리 모찌 다음 주에 더 기쁘게 만나자!'라고 말하는 순간. 모찌가 엎드려서 엉엉 울어버렸어요.

닭똥 같은 눈물을 흘리며 엄마 아빠 손을 잡는 모찌.

그 모습을 보고 엄마 아빠도 눈물을 흘렸습니다.

하지만 곧 우리 가족에게도 함께 살 수 있는 날이 오겠죠?

존경하는 판사님~ 저 아기 모찌예요.

엄마, 아빠랑 함께 살고 싶어요!! 꼭 도와주실 거죠?

몇 장의 사진을 설명하는 것으로 편지를 대신했다. 구구절절 쓰고 싶은 말이 많았지만, 수많은 사건을 검토해야 하는 분이 되도록 빠르게 우리 가족이 함께 살아야 하는 이유를 파악하셨으면 하는 마음이었다.

집으로

●

그날도 점심을 먹고 휴대폰으로 법원 사이트에 접속했다. 하루 세 번, 혹시나 진행된 사항이 있는지 확인하는 것이 일상이 되었다. 그런데 한눈에 보아도 뭔가 다르다. 늘 보던 화면에 몇 줄이 추가되었다.

종국결과, 2018. 03. 14 인용.

숫자를 제외하고는 생소한 단어들의 조합, 하지만 그 뜻은 안다. 입양 허가다. 그런데 이상하다. 우리는 아직 판사와 만나서 이야기도 나누지 않았는데, 보지도 않고 입양 허가? 뭔가 잘못된 것은 아닐까. 담당 선생님께 바로 전화를 걸었다.

"선생님, 방금 전에 사이트에 종국인용이라는 단어가 떴는데요. 혹시 이게 입양이 허락됐다는 거예요?"
"네? 그렇게 떴어요? 이상하네. 제가 확인해보고 전화 드릴게요."

전화를 기다리는 동안 일이 손에 잡히지 않았다. 괜히 휴대폰만 손에 들었다 놓았다. 입술이 바싹 말라왔다. 드디어 전화가 왔다. 예상치 못한 보육원 번호다.

"어머니, 축하 드려요! 드디어 입양 결정 났네요. 사이트에서 확인해보셨어요?"

들뜬 선생님의 목소리가 들린다.

"진짜 된 거 맞아요? 저는 긴가민가하고 있었어요."

"그러게 저희도 이런 경우는 처음 봐요. 혹시 법원에 아는 사람 있으세요? 빽이 많으신가. 판사님 면담도 없이 이렇게 판결난 경우는 진짜 처음이에요."

귀가 뜨거웠다. 심장이 두근두근. 올 것 같지 않은 그날이 왔다. 우리보다 빠르게 진행되는 사람들 앞에서 속이 상하고 매번 짧은 만남 뒤에 헤어져야 하는 모찌를 보며 가슴을 쳤다. 이제는 더 이상 그러지 않아도 된다. 우리는 국가가 공식적으로 인정하는 '가족'이다.

법원에서 상황을 알아본 담당 선생님의 말에 따르면 판사를 꼭 만나지 않아도 되는 경우 면담 없이 판결이 난다고 한다. 극히 드문 경우라고. 우리의 사건을 담당한 판사는 오히려 왜 이 가족이 아직까지 함께 살고 있지 않은지 반문했다고 한다. 아마도 법원 판결 과정 중에도 아이와 함께 지낼 수 있는 보통의 입양을 생각한 모양이다. 그조차 모른다는 사실에 맥이 풀리긴 하지만 그 덕에 빽도 없는 우리가 기적을 경험했다.

며칠 뒤 달뜬 마음으로 모찌를 데리러 갔다. 보육원 원장님과 선생님들께 감사 인사를 드리고, 다 함께 기념사진을 찍었다. 차에 마련해둔 카시트에 모찌를 앉히고 집으로 달렸다. 처음으로 먼 거리를 이동해서인지 금세 꾸벅꾸벅 잠이 든 아가. 아무도 우리가 부모가 될 수 있으리라 기대하지 않았다. 우리조차 확신 없는 날들을 보냈다. 아기를 낳는 것처럼 입양도 나의 헛된 기대일 수 있겠다는 생각도 했다. 지금 내 옆에 코를 고는 아기가 진짜 내 아기 맞나? 집에 도착하자마자 모찌를 안고 집 안 구석구석을 돌아다녔다.

"모찌야, 여기가 우리 집이야. 여기는 부엌, 여기는 거실, 여기는 우리 모찌 침대!"

정성껏 빨아놓은 아기침대에 모찌를 내려놓았다. 벙긋벙긋 모찌의 기분이 좋다. 호기심 많은 녀석이 이내 침대 가드를 잡고 일어서서 웃는다. 마음에 드나보다. 안심이다. 참 힘들었다. 집에 오는 길이. 우리 세 명이 모이는 날이.

가슴으로 낳았다구요?

우리 딸은 가슴으로 낳았어요

●

언젠가 TV에서 탤런트 신애라 씨의 인터뷰를 본 적이 있다. 봉사활동을 하다 두 딸을 만나 입양하게 된 사연을 소개하는 내용이었다. 오랜 시간이 지났지만 지금도 기억난다.

"저는 우리 딸, ○○이를 가슴으로 낳았습니다."

당시 대학생이었던 나는 그 말에 감격했다. 생각해보지 못한 표현이었고, 사람들의 마음을 움직이는 대단한 표현이라 생각했다. 그리고 세상의 모든 '멋져 보이는 것'에 관심이 많았던 그때의 나는 입버릇처럼 둘은 낳고 셋째는 입양할 거다 자랑하듯 말하고 다녔다.

말은 그렇게 했지만 결혼 적령기에도, 결혼을 한 이후에도 입양은 나와는 상관없는 일이었다. 그저 마음 좋고, 경제적으로 여유가 되는, 봉사정신이 투철한 사람들이 하는 선행이라 생각했다. 하지만 인생은 요지경, 내게 남은 선택지가 몇 개 되지 않는다는 사실을 깨달았을 때 입양은 현실이 되었다.

'나도 한번 느껴보고 싶다.'

입양을 결정한 뒤 자연스럽게 따라온 기대감들이 있다. 그 중 하나가 아주 오래된 내 안의 담론, '가슴으로 낳는' 경험이다. 도대체 어떤 감정이기에 입양한 사람들이 너도나도 이야기하는 걸까? 출산을 해보지 않았기 때문에 똑떨어지게 비교하기는 어렵겠지만 뭔가 극적인 느낌이 아닐까 상상했다. 출산한 선배로부터 들었던, 밑이 쑥 빠지고 본능적인 동물이 되어가는 경험, 뭐 그런 것? 육체적으로는 아니더라도 정신적으로 그런 경험을 하게 되지 않을까? 그리고 그 고통스럽고도 성스러운 순간이 지나면 사랑스러운 아기가 내 품에 안겨 있을 것만 같았다. 몇 년 뒤 TV 혹은 잡지에서 나 또한 말하겠지. "우리 아기는 가슴으로 낳았답니다." 세상의 평화를 품에 안은 듯한 얼굴로.

꼬꼬마 모찌가 우리 딸임이 확정된 날, 정확히 말하면 법적으로 우리가 한 가족임을 통보받은 날, 나는 당황했다. 사무실 복도 한켠에서 휴대폰을 들고 꺼이꺼이 울고 난 뒤였다. 너무 기쁘고 좋아서, 긴 기다림이 끝났다는 생각에 폴짝폴짝 뛰고 싶었다. 그런데 이상하다. 왜 내가 생각했던 느낌이 안 들지? 모찌가 집에 온 날도 크게 다르지 않았다. 모찌가 집에 왔고(마치 어린이집에 다녀온 것처럼), 우리는 자연스럽게 가족으로서의 하루를 시작했다.

우리의 오랜 출산, 입양

●

"여보, 우리 모찌 입양한 거 맞지?"

"당연하지, 왜 실감이 안 나?"

"응, 어떤 때는 그냥 내가 낳은 것 같기도 한데…."

"왜 낳아보지 않아서 섭섭해?"

모찌와의 시간이 쌓여갈수록 모찌를 낳지 못한 것에 대해 아쉬움과 감사함이 교차한다. 신생아 시절부터 돌봐주지 못한 것이 미안하고 그 앙증맞은 순간들을 함께하지 못한 것이 못내 아쉽다. 한편으로는 겁 많고 엄살쟁이인 내가 출산을 하지 않고도 엄마가 될 수 있다는 사실이 감사하다.

깊은 밤, 스르륵 잠든 모찌를 보며 이 아이를 만나기까지의 시간들을 떠올렸다. 한순간도 쉬운 적이 없었다. 매 순간 이 생의 고비처럼 느껴졌고, 절망에 빠져 눈물만 뚝뚝 떨구기도 했었다. 기대와 한숨, 희망과 걱정이 뒤섞인 밤낮이 지나고 햇살이 비추기 시작했을 때 모찌가 우리에게 왔다. 그리고 깨닫는다. 그 시간들이 나와 남편에게는 출산의 시간이었다는 것을. 아주 지난하고 오랜 우리의 출산. 그리고 그 경험은 어쩌면 세상의 많은 아빠들이 겪는 출산과 비슷하지 않을까.

여전히 그 표현에 완벽히 동의할 수는 없지만 '가슴으로 낳는' 정서적 출산에 대해 조금씩 배워나간다. 모찌의 키가 내 키를 훌쩍 넘어서면 온 마음으로 이해할 수 있으려나?

누가 아기 낳을 때 어땠냐고 물어보면 이렇게 대답할 것 같다. "멀미가 심한 뱃놀이를 하는 기분이요. 그리고 그 여정은 6년."

사실 난, 엄마를 미워해

엄마 좀 미워해 본 딸들에게

●

"왜 엄마와의 관계가 문제가 되죠?"

나긋한 상담사의 태도에 마음을 놓았는데, 이내 불편해졌다. 살면서 이런저런 어려움들이 있었지만 잘 극복했고, 지금은 잘 지낸다. 그리고 한 아이를 양육할 만큼 성숙했다, 라는 이야기를 했는데 엉뚱한 답변이 돌아왔다. 아무래도 친정 엄마와 애착 형성이 제대로 이뤄지지 않은 것 같다고.

입양을 진행하려면 제출해야 하는 서류가 꽤 많다. 그중 하나가 심리검사인데, 그 결과가 어떻게 나오느냐에 따라 입양 진행 여부가 결정되기도 한다. 폭력적인 아빠 밑에서 자란 것, 난임을 겪으며 우울했던 것이 문제가 될지도 모르겠다는 생각은 했지만, 엄마라니. 당혹스러웠다.

"어린 시절 아빠가 혜연 씨를 때릴 때, 엄마는 어떻게 하셨나요?"

"엄마요? 엄마도 옆에 있긴 했어요. 대부분 제가 잘못한 일 때문에 그런 거였으니까. 그냥 계셨죠."

"엄마가 믿지 않았어요?"

"딱히 믿다거나 그런 생각은 못 해봤는데….."

"그럼 아빠가 엄마를 때릴 때, 혜연 씨는 어떻게 했나요?

"제 방에 숨어 있었어요."

"적극적으로 아빠가 엄마를 때리는 것을 말릴 수도 있었는데, 그렇게 하지는 않으셨네요?"

"……."

한번도 아빠를 말려야겠다는 생각을 해본 적 없다. 맞을까봐 겁이 났으니까. 아빠는 너무 큰 존재였고, 우리는 맞고 숨는 것이 익숙한 사람들이었다. 결국 친정 엄마의 행동을 학대에 대한 방관으로 평가한 상담사는 부정적인 소견을 결과지에 적었다.

사실 난, 엄마를 미워해

●

억울했다. 이래저래 엄마가 될 수 없는 이유들만 듣고 산다. 엄마에게 찾아갔다. 오랜만에 옛날 이야기를 하고 싶었다. 아니 엄마 때문에 입양도 못 하게 생겼다고 원망을 늘어놓고 싶었다. 따지고 싶었다.

"엄마, 엄마는 왜 아빠랑 결혼했어? 아빠 같은 사람이랑 결혼 안 했으면 좋았잖아. 폭력에 바람에. 아니 막말로 엄마는 엄마가 선택했으니까 그렇다 쳐. 나는 뭐야? 두들겨 맞기만 하고, 친구들하고 놀지도 못하고. 맨날 공부해라 공부해라. 그거 알아? 내가 백점 맞았을 때랑 아닐 때랑 엄마 표정부터 다른 거. 못해도 된다고, 그만큼도 잘한 거라고 한 번이라도 말한 적 있어? 그리고 말야. 아빠가 집 나가고 엄마 누워 있었을 때 나 고3이었어. 그때 내가 뭐만 먹고 일 년을 버틴 줄 알아? 옆집 아줌마가 갖다 준 깍두기야. 엄마가 돼서 어떻게 그럴 수가 있어? 원하는 대학 떨어졌을 때 동네사람들 피해 다닌 것도 내가 창피해서지? 일하면서도 얼마나 힘들었는데. 아빠가 진 빚을 왜 내가 갚아야 해? 왜왜. 엄마 아빠 때문에 내가 이 모양 이 꼴로 살아야 하냐구!"

113

지금까지 한 번도 꺼내지 못한 말을 토해냈다. 입양을 못 하게 될 수도 있다는 불안감이 분노가 되었다. 꼭꼭 숨겨 두었던 엄마에 대한 감정들이 와르르 쏟아졌다.

"몰랐어. 네가 그렇게 기억하고 있는 줄. 정말 미안해. 널 더 지켜주지 못해서 미안해. 그때는 엄마도 너무 어려서 잘 몰랐어. 아빠를 감당하기가 힘들어서 하루하루 사는 게 힘들었어."

엄마는 울었다. 우는 엄마의 얼굴이 싫다. 숱하게 보았던 그 표정. 말 잘 듣고 착한 딸의 배신에 엄마는 무너져 내렸다. 그리고 미안하다는 말만 반복했다.

스물다섯 그리고 예순셋의 엄마

●

"우리 모찌 잘 자고 일어나게 해주셔서 감사합니다. 오늘
밥도 잘 먹고 반찬도 골고루 잘 먹고, 할마랑 사이좋게 보내
게 해주세요. 예수님 이름으로 기도 드렸습니다. 아멘~."
"아— 멘—!"

이른 새벽 엄마가 모찌를 안고 기도를 한다. 큰 소리로 대
답하는 모찌. 일 년 넘게 그 모습을 보고 있지만 볼 때마다 생
경하다. 모찌 입양이 결정되자마자 엄마는 단숨에 경상남도
끝에서 서울로 이사를 했다. 육아에 서툰 우리 부부를 위해
기꺼이 우주 최강의 지원군이 되어주었다. 덕분에 걱정 없이
일하고, 쉰다. 간혹 내가 아는 엄마가 맞나 싶을 때도 있다.
무기력하게 울던 엄마가 아닌, 세상 든든한 할마가 어느새 내
앞에 서 있다.

엄마는 스물다섯에 엄마가 되었다. 멀리 서울로 시집와 친
구와 가족도 없이 나를 키웠다. 남편은 쉴 틈 없이 바람을 피
웠고, 딸의 울음소리에도 고함을 질렀다. 내 울음이 커지는
밤, 조용히 나를 업고 밖으로 나와 자장가를 불렀다. 엄마에

게 나는 살아가는 이유, 친구이자 남편이었다. 자신과는 다르게 똑똑하고 사회에서 성공한 여자가 되었으면 하고 바랐다. 생각해보면 지금의 나보다도 훨씬 어린 나이였다. 기댈 곳 하나 없는 세상에서 모든 것을 포기하고 도망치고 싶었을지도 모른다. 하지만 끝까지 포기하지 않았다. 남들의 눈에 방관일지 모르나 엄마는 늘 내 곁을 지켰다.

아주 오랫동안 어리고 미숙했던 20대의 엄마만을 기억하며 살았다. 그게 엄마라고 생각했고, 그때의 엄마를 미워했다. 하지만 지금의 엄마는 또 다른 엄마다. '그때 혜연이 너에게 이렇게 했으면 좋았을 텐데'라고 후회하며 과거를 통해 현재를 채워나간다. 나 역시 엄마가 되어서야 엄마를 용서하기 시작했다. 어떤 할머니가 되고 싶냐는 질문에 엄마는 잠시의 망설임도 없이 답한다.

"늘 곁에 있어주는 할마."

제 3 부

가족이 되어가는
방법

알아봐 주셔서 고맙습니다

오당당 씨, 나를 알아봐 줘서 고마워요

●

　서른의 가을, 대학 동기들과 오랜만에 만났다. 재수생이라는 공통점으로 묶여 자발적 아웃사이더로 4년을 똘똘 뭉쳐 다닌 그녀들은 서로의 흑역사, 특히 연애사를 꿰뚫고 있다. 기억조차 나지 않는 이름과 사건, 그때의 감정들을 놀랍도록 대신 기억해준다. 그리고 오늘 또 한 번의 연애사를 논하기 위해 모였다.

　(친구A) "진짜로 몰랐던 거야?"
　(친구B) "어떻게 그럴 수가 있어? 걔가 주도면밀한 거야, 아님 니가 등신인 거야?"
　(나) "진짜 몰랐어. 헤어지자길래 그냥 그런가보다 했지."
　(친구A) "아 진짜 욕 나오네. 넌 도대체 어떻게 된 애가… 어휴, 그래 그냥 술이나 먹자."

　오늘의 주제는 나. 만나고 있던 사람으로부터 일방적인 이별 통보를 받은 뒤였다. 그는 나와 헤어진 뒤 한 달도 되지 않아 다른 여자와 결혼을 했다. 친구들은 진즉에 알아차리지 못한 나를 두고 질타를 멈추지 않았다. 그렇다. 나는 연애 찌질이다. 낭만적인 연애를 꿈꿨지만 늘 실패했다. 계산적인 척했지만 늘 마음 가는 대로 기준 없는 선택을 일삼았다. 어떤 이가 좋은 사람인지, 나를 진심으로 생각하는 남자인지 분별하지 못했기에, 흔히 말하는 나쁜 남자들만 만났다. 점점 연애에 자신이 없어졌다.

몇 달간의 쓰라린 자기반성 끝에 재능 없는 연애에 더 이상 시간 낭비 하지 말자는 결론을 냈다. 대학원에 입학해서 심리학을 공부하기 시작했다. 공부가 남는 장사다.

"커피 한잔 갖다 드릴까요?"

정적을 깨고 한 남자가 나타났다. 대학원 상담센터에서 아르바이트를 하던 중이었다. 수화기를 내려놓고 흘끔 쳐다봤다. 멀끔한 얼굴을 한 남자의 손에는 커피 잔이 들려 있었다. '괜찮습니다'라고 짧게 거절했다. 다음 날, 또 커피를 들고 찾아왔다. 뭐야 이 사람.

"선생님 이름이 어떻게 되세요? 새로운 프로젝트가 전화 통화를 많이 해야 해서 힘들죠? 저는 이번에 졸업을 하게 됐어요. 박사학위 받기까지 힘들었는데, 막상 박사가 되고나니…."

말이 많다. 묻지도 않았는데 자기 이야기를 꺼낸다. 박사 됐다고 자랑하고 싶은 거야 뭐야. 말하는 중간 중간 버터 바른 것 같은 느끼한 영어를 섞는 걸 보니 미쿡으로 유학 좀 다녀온 부잣집 아들내미인가? 세상 사는 게 즐겁고 쉽겠지. 이런 사람일수록 조심해야 한다. 반바지 아래로 허옇게 드러난 그의 종아리를 보니 힘든 일이라고는 한 번도 해보지 않았을 것 같다. 상종하지 말자고 생각을 굳혔다. 하지만 그는 지치지 않고 상담센터를 찾아왔다. 경계를 견고히 세웠다고 생각했는데 나도 모르게 대꾸를 하기 시작했다. 미꾸라지도 이보다 더 매끄러울 수는 없을 것 같다. 대화를 이끌어 나가는 솜씨가 여간 대단한 게 아니다. 화통한 웃음소리가 자꾸만 듣고 싶어진다. 유쾌한 그가 센터에 오는 날이 기다려지기 시작했다.

땡볕이 내리쬐는 8월의 오후, 꼬마 아가씨가 상담센터를 찾아왔다. 그날따라 상담실이 부족한 탓에 내가 근무하는 방을 대기실로 사용하게 되었다. 아이에게 잠시 기다리라는 말과 함께 시원한 물 한잔을 건넸다. 그리고 자리로 돌아와 키보드를 두드리기 시작했다. 이윽고 문이 열렸다. 칸막이 너머로 익숙한 목소리가 들렸다. 그다.

"안녕! 네가 은조구나? 만나서 반가워. 오는 데 힘들지는 않았니?"

목소리만 들으니 영화배우 이선균과 한석규의 목소리를 섞어 놓은 것 같다. 좋은 목소리를 가지고 있군.

"오늘은 나랑 얘기를 나누게 될 거야. 그런데 이야기를 하다가 하고 싶지 않으면 안 해도 돼. 반대로 더 하고 싶은 이야기가 있으면 많이많이 해도 되고. 선생님은 은조가 결정하는 대로 따라갈게. 오늘 선생님하고 얘기하는 거 괜찮니?"

"네, 괜찮아요. 선생님이랑 얘기해볼래요."

"어 그렇구나, 고마워! 그럼 우리 다른 방으로 가서 이야기할까, 아니면 여기서 더 이야기할까?"

대기실 안쪽에 내가 있다는 사실을 말해야 할 것 같은데 타이밍을 놓치고 말았다. 엿들으려 한 것은 아니지만 계속 듣고 싶었다. 그가 어떤 사람인지 궁금했다. 부모님의 이혼으로 상처받은 아이와 어떻게 대화하는지 알고 싶었다.

한 시간이 지난 뒤 아이는 한결 부드러워진 얼굴로 대기실을 나갔다. 그리고 나는 그의 팬이 되었다. 살면서 수없이 많은 어른들을 만났지만 아이를 그렇게 존중하는 대화를 나누는 사람은 처음이었다. 상담학을 공부했다고 해서 모두 그렇게 할 수 있는 것은 아니다. 잘 모르는 사람이 들어도 진심이 담긴 위로와 책으로 배운 형식적인 대화를 구분할 수 있다. 태생적으로 타고난 걸까, 아니면 수없는 자기완성의 노력을 거친 걸까. 문득 나에게 이런 아빠가 있었다면 지금의 내가 어땠을지 궁금해졌다. 매일 내 이야기에 귀기울여 주는 사람이 있었다면, 나는 전혀 다른 사람으로 살고 있을 터였다.

다음 학기, 공교롭게도 내가 조교로 배정된 강의에 그가 교수로 왔다. 한 학기 동안 조교라는 타이틀을 달고 지냈지만 사실 그의 내담자에 가까웠다. 다른 사람에게는 꺼내지 못했던 속사정을 그에게는 겁 없이 꺼낼 수 있었다. 도망칠 줄 알았는데 대범하게 더 다가오는 그가 신기했다. 매일 나와 무슨 이야기라도 해보고 싶어서 교문 밖에서 커피를 사온 그의 진심을 나중에야 알게 되었다. 유학은커녕 어학연수조차 가보지 못했던 그는 나보다 더 가난했지만 마음이 풍요로운 사람이었다. 그렇게 일 년을 보내고 우리는 결혼했다. 얼떨결에 가족이 되었지만 참 고맙다. 사람 볼 줄 모르는 나를 먼저 알아봐줘서.

너에게 달려가는 토요일

●

생후 6개월, 막 기기 시작한 모찌를 처음 만났다. 함께하지 못한 6개월을 돈으로 살 수 있다면 전 재산을 내놓고 싶을 만큼 아쉬움이 컸다. 태어나자마자 젖 한번 물지 못하고 작은 베이비박스에 눕혀졌을 때, 차가운 주사 바늘이 여리디 여린 살을 파고들 때, 처음 보는 사람 품에 안겨 낯선 보육원 방에 도착했을 때, 사람들에게 둘러싸여 백일기념 케이크 앞에 앉았을 때, 첫 이유식을 입에 넣었을 때, 감기로 밤새 콜록대며 뒤척일 때… 그 모든 순간에 함께할 수만 있다면, 그림자가 되어서라도 그 옆에 있어줄 수 있다면 그렇게 하고 싶다. 감사한 분들의 돌봄이 우리 아기를 지켰지만 모찌가 홀로 감내했을 시간들을 생각하면 가슴이 조여 온다. 작고 어린 생명이 얼마나 외롭고 고단했을까. 그 시간들을 모자람 없이 온전하게 채우려면 얼마나 많은 시간이 필요할까.

다행히 보육원의 배려로 매주 한 번, 두 시간의 만남이 허락되었다. 턱없이 부족한 시간이지만 감사했다. 토요일 아침, 모찌에게 줄 선물을 차에 싣고 고속도로를 달릴 때면 행복했다. 우리 아기가 한 주 동안 얼마나 많이 자랐는지 상상하며 쏟아지는 피곤함을 이겨냈다. 5개월을 그렇게 모찌를 만나기 위해 왕복 두 시간을 달리고 또 달렸다.

"선생님~ 저희 왔어요!"

"어머나, 어머니 혹시 연락 못 받으셨어요?"

"네? 무슨 연락이요?"

"아이고 이걸 어쩌나… 어머니 전화번호가 누락되었나 보네요. 지난주에 다른 아기 가족 분들이 방문을 했는데, 그때 독감이 돌았나 봐요. 아기 방에 비상이 걸려서 외부인 방문이 당분간 금지되었어요. 미리 연락을 드렸어야 하는데 정말 죄송해요."

"우리 모찌는 괜찮아요? 선생님?"

"네, 다행히 모찌는 독감에 걸리지 않았어요. 그런데 다른 아기들이 심한 상태라 만나기는 어려울 것 같아요. 혹시라도 또 옮게 되면 큰일이어서요."

"그럼… 그냥 현관에서 모찌 얼굴만이라도 보고 가면 안 될까요?"

"죄송해요, 방침이 그래서 어쩔 수가 없네요. 어떡하죠?"

남편 손에 이끌려 나왔지만 다시 달려가고 싶었다. 다음 주에 꼭 오겠다고. 1분도 늦지 않고 올 거라고 모찌에게 약속했는데. 아무리 어려도 다 알 텐데. 헤어질 때면 바닥에 엎드려 엉엉 울었던 모찌의 둥근 등이, 안쓰러운 눈망울이 떠올랐다.

늦은 저녁, 모찌를 돌봐주는 선생님으로부터 카톡이 왔다. 모찌의 영상이다. 옹알이를 한다.

"아~아빠아~." 정확하게 '아빠'라 말한다. 화면 위로 아이의 얼굴을 쓰다듬었다. 지독한 독감이 한 달 넘게 방해 공작을 펼치는 동안 영상을 보고 또 보았다.

모찌야 고마워, 엄마를 알아봐 줘서

●

출산한 친구로부터 아기를 낳은 며칠은 내 아이가 맞나 실감 나지 않았다는 말을 들은 적 있다. 상상한 것과 너무 다르기도 하지만, 벌겋고 주름이 쪼골쪼골한 모양이 할아버지 얼굴 같다고. 모찌를 처음 만났을 때 내 기분이 그랬다. 정말 반갑고 예쁜데 이 아이가 진짜 내 아이가 맞나 싶은 마음. 굳이 말하지는 않았지만 조금이라도 나를 닮은 부분이 있었으면 싶었다. 허나 아무리 봐도 그런 부분을 찾을 수 없었다.

모찌는 같은 개월 친구들보다 키가 손바닥 한 뼘만큼 컸다. 가느다랗고 길쭉한 다리를 주체하지 못해 아기 침대 모퉁이에 양다리를 올려놓고 잘 정도. 피부는 까무잡잡한데 얼굴만 유독 하얀 편이었다. 작고 뽀얀 아기만을 머릿속에 떠올렸던 나는 상상과 다른 모찌의 모습에 고개를 갸우뚱거렸다. 머리카락이 나면 얼굴이 달라 보인다는 말에 손바닥으로 이마를 가려보기도 했지만 아무리 봐도 닮은 구석이 없다. 내가 낳지 않았으니 당연한 일이지만.

어린 아기여도 성격이 드러나는지 보육원 선생님들은 모

127

찌를 말괄량이라고 했다. 장난기도 많지만 친구들을 재미있게 해주는 데 탁월하다고. 손뼉을 치며 춤을 추는 모찌를 보고 깔깔거리며 웃는 아기들을 보고서야 그 말이 무슨 말인지 이해했다. 쾌활하고 호기심 많은 모찌. 그 아이를 떠올리면 나도 모르게 웃게 될 때가 많았다. 분유를 1분 만에 원샷하고 젖병을 옆으로 툭 던지는 카리스마. 낮잠을 재우려 눕히면 고개를 좌우로 흔들어 잠을 이겨내고야 마는 강한 정신력. 보육원의 다른 언니들로부터 ○○스님이라 불리울 만큼 동자승을 닮은 외모. 선생님들로부터 '태능인 탄생'을 기대하게 만드는 탄탄한 근력과 운동신경. 남편은 그런 모찌를 만화 〈드래곤볼〉에 나오는 '크리링'을 닮았다며 귀여워했다. 나도 그런 모찌가 좋았지만 여전히 내 딸이라는 확신이 없었다.

낙엽 지는 토요일, 보육원의 허락 하에 모찌와 함께 공원으로 산책을 갔다. 선선한 바람과 뜨문뜨문 떨어지는 나뭇잎이 마음을 차분하게 했다. 남편은 우리의 첫 산책을 고스란히 기록하기 위해 휴대폰으로 영상을 찍고 있었다. 그때였다.

"여기요."
모찌가 사람이 하는 말을 했다.
"응? 여기요? 모찌야 지금 설마… 말을 한 거야?"

6개월밖에 안된 아기가 말을 하다니. 어리둥절했다. 찍었던 영상을 다시 돌려 보았다. 확실히 '여기요'라고 말을 한다. 순간 심장이 멈칫했다. 모찌가 확신이 없는 나를 지켜보고 있었던 걸까? 우리 딸이 맞나 망설이는 엄마에게 말을 하고 싶었던 걸까? 늦은 밤 다시 영상을 반복해서 돌려 봤다.

"엄마, 나 엄마 딸 맞아요. 왜 이렇게 못 알아보는 거예요. 여기요~ 모찌가 있어요."

착각일 수도 있지만 분명했다. 아이의 옹알이를 제멋대로 해석하는 엄마라고 비웃고 억지스럽다고 욕해도 어쩔 수 없다. 내 마음에 그렇게 들렸으니까. 눈물이 났다. 예나 지금이나 나는 사람 보는 눈이 없다. 먼저 알아보는 법이 없다. 하지만 다행인 것은 사람들이 먼저 나를 알아봐 준다는 사실이다. 남편과 모찌가 나를 알아봐 주었다. 그때 그들이 나에게 와서 먼저 말 걸어주지 않았다면, 지금의 우리도 없겠지. 고맙다. 까막눈인 나를 알아봐 줘서. 그렇게 보는 눈 있는 사람들과 함께 가족이 되어 살아간다.

이름이 고민이지 말입니다

내 이름 말고

●

신학기가 되면 재미삼아 거짓말을 했다. 처음 만나는 친구, 한 해 동안 친하게 지낼 것 같은 느낌이 드는 친구에게 그랬다.

"있잖아, 나 비밀이 있어."

"비밀? 무슨 비밀?"

"사실 나 쌍둥이야. 내가 언니고 동생은 다른 학교에 다녀."

"우와! 진짜? 그럼 너희 둘이 똑같이 생겼어?"

"응, 그래서 간혹 엄마 아빠 몰래 서로 학교를 바꿔서 가기도 해. 만약에 나처럼 생겼는데 널 몰라보면 내 동생이니까 잘해줘."

"오오, 진짜 멋지다. 나도 쌍둥이였으면 좋겠어."

"그리고 내 진짜 이름은 김혜연이 아니라 김유진이야."

"잉? 아까 선생님이 너한테 김혜연이라고 불렀잖아."

"그러니까. 학교에서는 그렇게 하기로 했는데 집에서는 아니야. 너한테만 특별히 김유진으로 부를 수 있게 해줄게."

"어, 알았어. 고마워."

혼자 자란 나는 늘 가상의 형제를 꿈꿨다. 초등학교 시절에는 쌍둥이 자매를, 중고등학교 때는 멋진 대학생 오빠 둘을 바랐다. 나를 낳은 뒤 더 이상의 자식은 없다고 선언한 아빠 덕에 동생이 생길 여지는 없고, 바꿀 수 없는 현실을 마음대로 상상하고 꾸몄던 것 같다. 이름 역시 마음에 들지 않았다.

"엄마, 내 이름은 어떻게 지었어? 오늘 학교에서 선생님이 숙제로 내줬는데 뜻도 같이 알아 오래."

"이름? 너 낳고 얼마 안 되어 할아버지가 리스트를 가지고 오셨어. 각 반 여자 반장들 이름이라고 하시더라. 쭉 훑어보니까 혜연이 제일 예쁜 것 같아서 그걸로 하겠다고 했지."

"그게 다야? 뜻은?"

"곱고 어질다."

"뭐야, 내가 무슨 신사임당이야. 뜻이 뭐 그래. 조금 더 멋 있는 뜻 없어?"

"곱고 어질다가 어때서? 여자 이름으로 얼마나 좋아."

초등학교 교장선생님이었던 할아버지는 첫손주로 아들을 기대했다. 하지만 딸이 태어났고, 준비해 놓은 이름은 없었다. 엄마조차 나를 낳는 순간까지 아들임을 확신했다고 하니 이해가 되는 부분이다. 그래도 성의가 없다. 나중에 내 자식이 생기면 기필코 멋있는 이름을 지어줘야지. 그리고 꼭 형제자매를 만들어줄 것이다.

이름으로 장난치지 말지 말입니다

●

"에… 그러니까 말이다. 내가 이름을 하나 생각해봤다. 현명할 현자에 큰 덕, 현덕이 어떠냐?"

딸을 생각하고 있던 우리는 시아버님의 갑작스런 의견 개진에 당황했다. 사촌 여동생이 태어났을 때 '봉덕'이라는 이름을 받고 몇 날 며칠을 울었던 고모가 생각났다. 힘겨루기에서 밀린 고모는 사촌동생이 초등학교에 입학하기 직전에야 개명 신청을 했다. 나도 그래야 하나.

"아버지, 아이 이름은 저희가 알아서 할게요. 딸인지 아들인지도 모르는데요. 제 아이니까 이름만은 제가 짓고 싶어요."

멋있다. 내가 이런 남자랑 결혼을 했었지. 남편은 학부 시절 이미 딸아이 이름을 지어 놓았다. 철학과 문학에 심취한 그가 지은 이름은 꽤 그럴싸했다. '은유', 거울처럼 마음을 비춘다는 뜻이다. 열의는 있으나 아이디어가 없는 나로서는 수긍할 만한 이름이었다. 어감도 예쁘고 뜻도 좋다. 그 이름을 탐내는 친구들에게서 남편은 십 년 넘도록 그 이름을 지켜냈다. 나 또한 질세라 친구들에게 이름을 선포했다.

출산이 아닌 입양으로 마음이 기울었을 때도 선택에는 변함이 없었다. '은유'라는 이름에 어울리는 아이를 머리에 그렸다. '은유야~'라고 부르면 하얗고 작은 쌍꺼풀이 없는 아기가 떠올랐다. 이름처럼 부드럽고 유순한 성품일 것 같다. 아무리 생각해도 마음에 든다.

그리고 모찌를 만났다. 이미 보육원에서 불리던 이름이 있었지만 입양 절차가 마무리되면 새 이름으로 개명할 예정이었다. 단둘이 데이트를 나간 오후, 몰래 불러보았다.

"은유야."
"……."

힘차게 발차기를 하던 모찌가 빤히 나를 쳐다봤다. 다시 한 번 불렀다.

"은유야~."

낯설다. 빨간 머리 앤을 금발머리 엘리자베스라고 부르는 느낌이랄까. 다른 이름은 생각해보지 않았는데 예상치 못한 전개에 당황스러웠다. 모찌는 이렇다 할 대꾸도 없이 다시 신명나게 발차기를 시작했다. 아리송한 기분으로 보육원 밖을 나왔다. 퇴근하고 돌아온 남편에게 쭈뼛거리며 말을 꺼냈다.

"여보, 있잖아. 모찌 이름 말이야."

"응, 은유로 하기로 했잖아. 왜?"

"아니 오늘 내가 모찌랑 산책 나갔다가 슬그머니 불러봤는데 조금 안 어울리는 거 아닌가 싶어."

"그래? 하긴 우리 모찌가 은유라는 이름하고는 조금 다른 느낌이기는 하지. 그래서 모찌 만나고 떠오르는 이름이 있어?"

"희동이?"

아빠가 모찌에게 주는 첫 선물

●

아이와 이름의 언밸런스함에 동의한 남편은 작명을 시작했다. 은유라는 이름은 도저히 버릴 수 없어 모찌의 동생을 만나게 되면 그때 쓰자고 다짐했다.

"생각났다, 생각났어!"
"뭔데 뭔데?"
"로라 어때? 이국적이고 좋잖아. 영어 이름을 별도로 짓지 않아도 되고."

이름 짓는 데 재주가 있다고 생각한 사람인데, 한계가 왔나보다. 그의 성은 '오'씨다. 오씨라는 성은 참 기묘해서 붙이는 단어마다 유쾌한 느낌을 주었다. 오란다, 오뎅탕, 오렌지, 오랏차차, 오마니, 오레오, 오랜만, 오소리, 오미자… 몇 주간 남편의 머리에서 나온 이름은 이랬다. 아무래도 너무 오랜 기간 '은유'라는 이름에 정을 준 것 같다.

'방시리'라는 이름을 가진 친구가 있었다. 방실방실 잘 웃길래 그런 이름을 지어주셨다고. 놀림을 받을 때마다 부모님이 자신의 인생을 가지고 장난친 거라며 속상해 했다. 이대로라면 남 일이 아니다. 우리 모찌가 이름 때문에 우리를 원망하는 일만은 없어야 한다.

"뭔가 신비로우면서도 중성적이고, 성차별적이지 않으면서도 여성스럽고, 모찌와도 찰떡처럼 어울리는데 뜻까지 멋진 뭐 그런 이름 없을까?"

"그게 오로라인데?"

"고마해라."

보다 못한 나도 작명에 뛰어들었다. 조금씩 듣기 좋은 아이디어를 내놓자 그의 눈빛에서 조바심이 느껴졌다.

"왜? 내가 좋은 이름들 지으니까 불안해?"

"어. 그래도 조금만 시간을 더 주면 안 돼? 모찌 오기 전까지만 지으면 되잖아. 진짜 잘 지어보고 싶어서 그래."

그렇게 소원하는데 못 들어줄 이유가 없다. 딸아이를 상상하며 은유라는 이름을 지어 놓은 지 20년이다. 그토록 오랫동안 딸이 생기기를 고대했는데, 이름 짓는 기쁨이 온전히 남편의 것이었으면 싶었다. 기다려보자.

몇 주간을 끙끙 앓던 남편이 작은 탁자 위에 수첩을 올려
놓았다. 가족이 늘어나기 전 마지막으로 둘이 여행을 하자며
오른 비행기 안이었다. 수첩 위에는 시원시원하고 뾰족하게
갈겨 쓴 글자가 적혀 있었다.

"뭐야. 나 한자 잘 모른다니까. 뭐라고 쓴 거야?"
"대학 나온 거 맞아? 하아 진짜 어떨 때 보면 이해가 안 간
단 말이야."
"그러니까 뭐라고 적은 거야? 모찌 이름이야?"
"응. 햇빛 유, 눈 안. 햇빛처럼 따뜻한 시선과 마음을 가진
사람이라는 뜻이야. 모찌를 처음 만났을 때 그 눈에 반했거
든. 반짝반짝 기억 나지?"

남편의 얼굴에 뿌듯함이 뿜어져 나왔다. 유안이, 오유안.
작은 목소리로 읽어보았다. 나쁘지 않다. 하지만 그 정도만
표현하면 안 된다는 걸 경험을 통해 안다.

"소오름. 왜 이렇게 이름을 잘 지어? 뜻도 너무너무 좋고,
무엇보다 모찌에게 정말 잘 어울린다. 들었을 때 남자아이인
지 여자아이인지 잘 모르게 중성적이고. 어감도 부드럽고, 무
엇보다 웃기지도 않고, 역시 당신은 작명의 달인이야. 오오

오카피!"

조그만 창문 밖을 내다보았다. 동그란 구름 위로 이름을 떠올렸다. 오유안. 내 딸의 이름. 겹겹이 둘러선 구름 사이로 햇살이 보인다. 언젠가 텔레토비에서 보았던 아기 햇님 같다. 햇님의 얼굴에 모찌의 얼굴을 넣어보았다. 눈가에 장난기가 가득한 모찌가 '아하하하하'하고 웃는다. 찰떡이다.

그렇게 우리가 찾던 '은유'를 내려놓고, 우리에게 찾아온 모찌에게 어울리는 새 이름을 선물했다.

까꿍, 엄마가 여기 있어

함께인 날도 함께 하지 않은 날도

●

　모찌는 효녀다. 저녁 8시면 잠이 들어 새벽 6시에 일어난다. 간혹 선잠에서 깨어 울음을 터트릴 때도 있지만 안고 토닥이면 금세 다시 잔다. 덕분에 밤 시간을 여유롭게 보내는 보너스를 얻었다. 반면 아쉬움도 크다. 모찌와 함께하는 절대적 시간이 적어서일까. 기회가 생기면 남편과 나는 모찌 돌보기 경쟁에 돌입한다.

　"아빠! 으아아아앙~ 아빠!"

　남편이 달린다. 이 순간만큼은 우사인 볼트다. 가느다란 다리를 휘청거리며 거실에서 안방까지 3미터가 채 되지 않는 구간을 질주한다. 간택받지 못한 나는 입과 귀를 빳빳하게 세우고 안방에서 들리는 소리에 집중한다.

　"(뽀뽀, 뽀뽀) 우리 모찌, 무서운 꿈 꿨쪄여? 괜찮아 괜찮아. 아빠가 여기 있잖아. 아빠가 등 쓸어줄까? 배 만져줄까? 이제 하나도 안 무섭지? 아빠가 늘 옆에 있을게. 모찌가 하나도 무섭지 않게 옆에 있을게."

조용하고 편안한 공기가 돌아왔다. 의기양양한 남편이 손가락으로 브이를 그린다. 쳇. 내키지 않지만 인정할 수밖에 없다. 현재 스코어, 모찌의 잠투정 부문 랭킹 1위는 그다.

"점점 느는데?"

"당연하지, 녀석 요즘에는 등만 쓸어줘도 잘 자잖아. 점점 스킨십을 좋아하는 것 같아. 내가 말했나? 오늘 아침에 자고 있는데, 모찌가 와서 뽀뽀를 하더라니까. 예전에는 그렇게 발로 얼굴을 까더니 이제는 뽀뽀를 해. 다 컸어."

"진짜? 뽀뽀를 하면서 당신을 깨웠다구?"

거짓말 같지만, 거짓말 같은 변화다. 함께 자기 시작했을 무렵 모찌는 우리에게 곁을 주지 않았다. 낮에는 생글생글 안 아달라고 조르고 어깨에 올라타며 신나 했지만, 밤은 달랐다. 잠이 들면 손끝 하나 댈 수가 없었다. 옆에 누우면 발로 차고, 얼굴이라도 쓰다듬으려 하면 소리를 질렀다. 마치 낯선 사람들을 대하는 것처럼. 곡을 하며 우는 아기가 안쓰러워 어쩔 줄 몰랐다. 옆구리에 꼭 껴안고 숨소리를 들으며 자고 싶었지만 멀리서 자는 모습을 지켜볼 수밖에. 우리 사이가 친하고 가까워지면 조금씩 나아지겠지 하는 희망으로 섭섭함을 견뎠다. 기대의 크기만큼 아기에게 시간이 필요함을 인정해야

했다. 그리고 보리쌀 같은 믿음이 자라날 수 있도록 돕는 것
이 우리가 할 일이었다.

언제나, 우리는 함께야

●

"까꿍~."

방문 뒤에 숨어 있던 모찌가 앙증맞은 얼굴을 드러낸다.

"엄마 까꿍~."

다시 한번 나를 향해 환하게 웃는다. 이내 통통통 튀어서 냉장고 뒤로 숨는다.

"우리 모찌 어디 있지?"

살금살금 걸어가 와르륵 모찌를 들어올린다. 모찌떡처럼 포송포송한 볼이 까르르르 웃는다. 허락한 지 얼마 되지 않은 작은 입술을 쭈욱 내민다. 뽀뽀 연속 10회. 우리는 뽀뽀머신 이다.

한집에서 살을 부비며 산 지 1년, 많은 것이 변했다. 기다림과 이별이 길었던 만큼 서로를 밀어내고 끌어당기며 산다. 거친 발차기에 속이 상하고 멍들기도 하지만 한 뼘씩 다가오는 모찌를 보며 줄다리기가 잘되고 있다는 생각을 한다. 경기가 진행될수록 함께한다는 믿음이 쌓여간다. 승부 따위는 없다.

앞으로도 끝없이 줄다리기가 이어질 테지만 한없이 주고 싶다. 모찌가 우리를 완벽하게 신뢰할 때까지. 그리고 그 힘으로 세상에 대한 믿음이 돋아날 때까지. 언젠가 모찌가 자라 멀리 날아갈 때가 오더라도 늘 곁에 엄마 아빠가 있음을 느낄 수 있도록. 아낌없이 사랑하고 싶다. 함께인 날도 함께하지 않은 날도. 우리는 가족이니까.

밥 잘 못하는 예쁜 엄마

얼렁뚱땅 이유식 요리사

●

"모찌는 정말 잘 먹어요. 코감기에 걸렸을 때도 이유식 한 번 안 남기고 다 먹었거든요. 씹는 연습만 잘 시켜주시면 될 것 같아요."

보육원에서 모찌의 생활습관에 대해 전해들을 때 분명 그렇게 말했었다. 밥을 정말 잘 먹는다고. 다행이다 싶었다. 잘 먹으니 다양한 시도를 해봐야겠다. 영양가 있는 재료들만 선별해서 내 손으로 직접 만들어야지. 그동안 못 해준 한을 다 풀어내리라. 모찌가 집에 오기 일주일 전, 맹훈련을 시작했다.

"여보, 한번 먹어봐봐."

"오~ 모찌 이유식 만든 거야? 그럴듯한데? 어디 먹어보자."

"……."

"왜…? 이상해? 별로 맛없어?"

"이유식이 원래 이런 거야? 이상하네. 아무 맛이 나지 않는 것 같기도 하고 좀 비릿, 아니, 에이 아무거나 잘 먹는다잖아."

실패다. 한우를 곱게 다져 끓인 이유식은 내 입에도 역했다. 상황의 심각함을 인지한 걸까, 다음 날 남편은 친구 부부에게서 이유식 메이커를 받아왔다. 이걸로 아이를 셋이나 키워냈다고. 설명서대로 해봤다. 기능은 단순했다. 재료를 찌고, 밥과 함께 갈아버리는 방식이다. 소고기와 당근 조각을 넣고 버튼을 눌렀다. 김이 나기 시작한다. 구수한 냄새와 함께.

"여보, 어때?"
"기가 막히는구만! 당신 진짜 잘한다!"

그렇게 난 이유식 요리사가 되었다. 퇴근 후 늦은 밤, 콧노래를 부르며 재료를 넣고 버튼을 눌렀다. 모찌는 기대 이상으로 이유식을 잘 먹어주었다. 아기 새처럼 오물오물 받아 먹는 모습이 얼마나 예쁜지. 한톨도 흘리지 않으려는 입매가 귀여웠다. 소고기, 닭고기, 생선, 당근, 단호박, 브로콜리, 감자. 재료를 넣을 때마다 어깨도 덩달아 올라갔다. 메이커에서 쉼 없이 뿜어져 나오는 수증기가 마음에 든다. 나, 아무래도 요리에 재능이 있는 게 분명하다.

넌 나에게 거절감을 주었어

●

하루에도 몇 번씩 감정이 롤러코스터를 탄다. 스스로를 꽤 안정적인 사람이라 생각했는데 섣부른 판단이었던 것 같다. 유아식을 시작한 모찌가 편식을 한다. '모찌야, 밥 먹자. 맘마 먹을 시간이야.' 다정하게 모찌를 부른다. 제법 말을 알아듣는 녀석이 신이 나서 식탁으로 뛰어온다. 순간, 차려진 음식을 요리조리 살핀다. 불안하다. 마음에 안 드는 걸까? 다행히 숟가락을 들고 한 입 가득 밥을 넣는다. 딱 밥만.

"모찌야, 우리 예쁜 모찌. 반찬도 먹어야지? 이거 한번 먹어볼까?"

"안 머거~."

퉤. 애호박 나물이 자판기의 캔 음료처럼 떨어졌다. 엄마, 아빠, 할마, 오빠, 온니, 멍뭉만 할 줄 알았던 아기의 입에서 안 먹겠다는 말이 나올 줄이야. 당황한 나는 '아아, 오늘은 모찌가 애호박을 안 먹고 싶구나. 그럼 모찌 좋아하는 김 줄까?'하고 얼버무렸다. 조미 김에 밥 한 그릇을 뚝딱 먹어치운다. 속상했다. 내가 만든 음식을 안 먹겠다고 이렇게까지 솔직하게 이야기해준 사람이 처음이 아니었으니까.

　신혼시절이 생각났다. 할 줄 아는 음식은 몇 없었지만 사
랑과 의리로 잘 먹고 지내던 때다. 하루는 김치볶음밥을 만
들었는데 남편이 숟가락을 조심스레 내려놓으며 말했다. "혹
시… 마가린 넣었어?" 볶음밥은 당연히 마가린에 볶아야 제
맛 아닌가. 의아했다. 자신은 마가린이 조금 힘드니 다음부
터는 참기름 정도만 넣어주면 좋겠다고. 차라리 맛없다고 하
지, 돌려 말하니 더 얄미웠다. 사실 이 정도로 그때를 기억하
고 있지만 당시에는 맹렬하게 싸웠다. 이후로 입 짧고 양 적
고 탈 자주 나는 남편 덕분에 음식 만들기에 흥미를 잃어갔
다. 애써서 만들어도 잘 먹지 않고, 뭐 좀 만들어보려고 불 앞
에 서면 자기는 조금밖에 안 먹을 거다 선전포고를 하니 기
운이 빠졌다. 차라리 사먹자. 그 기운으로 다른 일을 하자 생
각했다.

　잘 먹는 모찌를 보며 기대했는지 모른다. 이 기회에 '음식
잘하는 엄마'가 되어볼 수 있다고. 나는 요리를 못하는 사람
이 아니라 기회가 없었을 뿐이라고. 하지만 오늘도 자신감 없
이 인스타그램에서 아기 식단을 검색한다. 어른이든 아이든
안 먹겠다는 거절 의사에 여전히 적응하지 못한 채.

밥은 좀 못하지만,
모찌가 좋아하는 엄마입니다

●

정신없이 출근 준비를 하던 어느 날이었다. 친정 엄마가 잠이 덜 깬 모찌를 안고 방으로 들어왔다.

"뭐라구 엄마?"
손에 들고 있던 헤어드라이기를 껐다.

"너는 좋은 엄마라구. 앞으로 더 좋은 엄마가 될 거야."
"그게 무슨 뜽딴지 같은 소리야?"
"지금은 좀 부족한 듯해도 나중에 돼봐. 학교만 가도 예쁘고 멋진 엄마가 좋아져."

밥을 잘 챙기지 못하는 것에 대한 복잡한 심경을 들켰나? 평생 밥을 해온 엄마 눈에는 그게 보이나보다. 엄마가 되고 싶었고, 엄마가 된 김에 좋은 엄마가 되고 싶었다. 어떤 엄마가 좋은 엄마인지 잘 모르지만 따뜻하고 맛있는 밥이 전제조건처럼 느껴졌다. 그게 안 되니까 못나게 느껴졌다. 하지만 그 모습 또한 내가 만든 허상일 수 있다. 남편에게 밥 잘 못

하는 내가 아무런 문제가 되지 않는 것처럼 모찌에게도 그럴
수 있는데. 밥에 그만 집착하자.

저녁 6시, TV 앞에 앉은 부녀가 외친다.

"우—와—."

맛집을 소개하는 프로그램에 대형 피자가 나왔다. 치즈가
쭈욱, 보기만 해도 침이 고인다.

"이번 주말, 피자 콜?"

부엌에서 끙끙대는 대신 모찌와의 신나는 외식을 선택하
기로 했다.

귀가 뜨거웠다. 심장이 두근두근.
올 것 같지 않은 그날이 왔다.
우리보다 빠르게 진행되는 사람들 앞에서
속이 상하고 매번 짧은 만남 뒤에
헤어져야 하는 모찌를 보며 가슴을 쳤다.
이제는 더 이상 그러지 않아도 된다.
우리는 국가가 공식적으로 인정하는 '가족'이다.

이제 어린이집에 가도 될까요?

나밖에 모르는 딸이어서

●

　가능하면 모찌가 만 3세가 될 때까지 집에서 보살필 계획이었다. 태어나자마자 보육원에서 단체생활을 시작한 아기이기에 안정적인 가정생활을 경험하게 해주고 싶었다. 보육원 원장님도 아기를 너무 빨리 어린이집에 보내면 보육원과 헷갈려 할 수 있으니 여유 있게 보낼 것을 권했었다.

　"언니, 모찌 어린이집은 안 보내?"
　타지에서 4살 된 딸을 키우고 있는 친구에게서 카톡이 왔다.

　"응, 아직 모찌가 너무 어려서 조금 더 크면 보내려구. 채나는 어린이집 잘 다니지?"
　"어어, 잘 다녀. 오후 시간도 보내고 싶은데 아직 낮잠 자는 게 익숙하지 않은가봐. 선생님이 다른 애들한테 방해된다고 집에 가서 낮잠 자는 연습 좀 더 하고 오라고 하셔서. 근데 어린이집 안 보내면 어머니가 너무 힘들어하시지 않아?"
　"우리 엄마? 아니? 아기 보는 거 크게 힘들다고 안 하시던데?"
　"아이고 언니, 그거 그냥 하는 말씀일 거야. 혼자 애 보는

155

게 얼마나 힘든데. 그리고 어머니 연세도 있으시잖아. 애 보다가 폭삭 늙어. 나중에 후회하지 말고 모찌 어린이집 한번 생각해봐."

"그래, 한번 고민해보지 뭐."

별 생각 없이 대화를 마무리했다. 모찌가 우리 가족이 된지 두 달, 아직은 이르다. 친구는 도와주는 사람 한명 없이 아이를 키우느라 고생했지만 우리는 나와 남편, 그리고 친정 엄마가 교대를 하고 있다. 힘들겠지만 몇 년 정도야 잘 감당할 수 있지 않을까?

일은 석 달째 터졌다. 퇴근하고 집에 돌아오니 이불 위에 피가 여기저기 묻어 있었다.

"엄마, 이게 뭐야? 이불에 피가 묻어 있는데, 엄마 손 다쳤어?"

"어? 아아 아까 모찌 씻기다가 코피가 좀 났는데, 그게 묻었나보다."

"뭐? 모찌가 코피 흘렸어?"

"아니, 모찌가 아니라 내가. 별거 아니니까 걱정하지 말어."

별일 아니라 생각했다. 피곤할 때면 종종 코피를 흘리셨기 때문에 이번에도 그런 줄 알았다. 집에 가서 얼른 쉬시라고 당부한 뒤 나도 모찌와 함께 자리에 누웠다. 새벽 1시쯤 되었을까, 전화벨이 울렸다.

"여보세요? 엄마?"
"어, 혜연아. 지금 코피가 멈추질 않는데. 병원에… 좀 가야 할 것 같아."

엄마 집으로 달려갔다. 빌라 앞에 도착하자 두려움에 몸을 덜덜 떨고 있는 엄마가 있었다. 코 아래 통째로 갖다 댄 두루마리 휴지는 피에 젖어 형체를 알아보기 힘들었다. 차 옆자리에 엄마를 태우고 힘껏 엑셀을 밟았다. 15분 거리를 가는 동안 귀에 건 비닐봉지가 묵직해졌다. 응급처치를 받는 동안에도 피가 울컥울컥 쏟아졌다. 아무리 긍정적인 눈으로 보려 해도 초보 의사의 처치가 마뜩치 않았다. 혈관이 약해지면 그럴 수 있다는 확신 없는 답변에 답답함이 몰려왔다. 알 수 없는 기구를 코에 넣은 지 두 시간 정도 지났을 때 다행히 코피가 멈췄다.

"우짜노, 니 내일 출근해야 되는데. 나 때문에 이렇게 잠도 못 자고 고생해서."

"뭔 소리야. 됐어. 엄마가 아픈데… 회사는 쉬엄쉬엄 하면
돼."

솜을 욱여넣은 코가 주먹만 해졌다. 그런데도 내 걱정만
하다니, 짜증이 난다. 엄마를 집에 모셔다주고 돌아왔다. 걱
정으로 밤을 샌 남편이 반겨주었다. 쌔근거리며 자는 모찌의
얼굴을 보니 피곤이 몰려왔다.

다음 날 밤, 처음 듣는 엄마의 목소리가 휴대폰 너머로 들
려왔다.

"혜연아~ 또 그런데이. 이거 우짜면 좋노. 흑흑— 아무래
도 나 죽나보다."

피를 멈추게 하는 장치를 빼자마자 피가 쏟아졌다고 한다.
미친 사람처럼 차를 몰았다. 엄마는 울고 있었다. 연이은 응
급실 행에 의료진도 생각이 달라졌는지 검사가 진행됐다. 한
참이 지나서야 의사가 나타났다.

"보호자 되시나요?"

"네, 제가 보호자인데요."

"어머니 염증 수치가 굉장히 높게 나왔어요. 어디에 문제가 있는지 지금 알아보고 있는데, 현재로서는 담낭염일 가능성이 높아요. 바로 입원 수속 하시고 검사 진행해보는 게 좋을 것 같아요."

눈물이 났다. 아침저녁으로 만나고 함께 밥을 먹었는데 엄마가 아픈 줄 몰랐다. 아니 아프다는 사실을 모른 척한 걸지도 모른다. 며칠 전 몸이 좋지 않아 모찌를 유모차에 태우고 병원에 다녀왔다고 말한 게 그제서야 생각났다. 괜찮다고 해서 괜찮은 줄 알았고, 별일 아니라고 해서 대수롭지 않게 넘겼다. 내가 일을 하는 동안 엄마가 모찌를 돌봐주시니 편했고, 넉넉하지는 않지만 사례를 하니 조금은 마음을 편하게 먹어도 좋다고 생각했다. 어린 아기를 돌보는 일이 젊은 사람에게도 결코 쉽지 않은데, 모찌를 잘 돌보고 싶은 욕심에 엄마를 돌보지 못했다. 무슨 생각으로 그렇게 자신 있었던 건지. 엄마가 병원에 입원한 그날 아이사랑 사이트에 처음으로 접속했다. 카드를 신청하고 가까운 어린이집에 대기를 걸었다.

나보다 나은 딸이어서

●

"모찌 어머니 되시나요?"

"네 그런데요."

"여기는 ○○어린이집인데요. 입소 대기자 1순위에 모찌 가 있어서요. 혹시 등록하실 건가요?"

"아아 네, 제가 가족들하고 상의한 다음에 다시 전화 드려 도 될까요? 언제까지 연락 드리면 되나요?"

"대기하는 아동들이 많으니 가능하면 오늘 중으로 전화 부 탁드릴게요."

"네, 고맙습니다."

어린이집 대기를 걸어 놓은 지 7개월 만이다. 아무리 대기 1순위어도 신학기가 되지 않으면 자리가 나지 않는다기에 잊고 살았다.

원인을 밝히지 못한 채 3주를 병실에 누워 있던 엄마의 건 강은 기적처럼, 회복되었다. 모찌를 돌보는 스킬도 놀라울 정 도로 업그레이드되어 술렁술렁 즐겁게 봐주신다. 모찌도 할 머니 품에서 자유롭게 지낸다. 그래서 전화를 받고 잠시 망설였다. 지금처럼 한 해만 더 보내면 안 될까. 하루만 더 생각해 보자. 하지만 코피를 쏟던 엄마의 얼굴이 다시금 떠올랐다.

일을 하지 않고도 모찌를 돌볼 여력이 된다면 유치원 전까지 끼고 있고 싶은 게 솔직한 심정이다. 내가 돌보고 가끔 엄마에게 도움을 요청하는 정도라면 얼마나 좋을까. 하지만 사회적인 성공이나 경력만을 위해 일하는 게 아니다. 지금은 내가 일을 해야 모찌와 우리가 살아갈 수 있다. 혹자는 능력도 되지 않으면서 왜 아이를 입양했느냐고 물을 수도 있겠다. 예전 같으면 '아이를 돈으로만 키우나요?'라고 반문했을 테지만, 지금은 자신이 없다. 모찌에게 미안한 마음이 크기 때문에. 그래도 모찌를 사랑하는 엄마라는 사실은 변함이 없기에 최선의 방법을 찾아야 한다. 저녁 식사시간, 가족이 식탁에 모였다.

(나) "어린이집에서 연락이 왔어. 3월 입소라고 하는데 어떻게 할까?"

(친정 엄마) "아이고, 그리 빨리 가노? 아직 너무 얼라 아이가."

(남편) "아휴, 장모님. 장모님도 좀 쉬셔야죠. 1년 동안 애쓰셨잖아요."

(나) "맞아 엄마, 이제 모찌도 3살이고 잘할 수 있어."

(남편) "모찌 좀 보세요. 애가 당당하고 밝잖아요. 사람도 너무 좋아하구요. 이게 다 장모님 덕분이에요. 좋은 성품 길러주셨으니 잘 적응할 거예요. 또 모찌도 집에만 있는 것보다 가서 선생님도 만나고 친구들하고도 어울리는 게 훨씬 재미있을 거예요."

(나) "우리 모찌, 어린이집 갈 거예요?"

(모찌) "네!"

(나) "가서 친구들하고 재미있게 지낼 거예요?"

(모찌) "네에!"

우렁찬 모찌의 목소리가 단숨에 걱정을 날려버린다. 참 시원시원하다. 어른들과의 대화가 재미있어서 한 대답이겠지만, 그 한마디에 힘을 얻는다. 어떨 때 보면, 아니 대부분의 순간 나보다 낫다. 기가 막힌 우리 딸.

그렇게 모찌의 어린이집 입성이 결정되었다. 단, 아주 길게 적응 기간을 가지기로 했다. 첫 주는 하루 한 시간, 그리고 그 다음 주는 두 시간, 조금씩 늘려가며 모찌가 가장 즐겁게 지낼 수 있는 정도를 찾기로 했다. 적응에 실패할 수도 있을 것이다. 하지만 그때는 또 그때의 최선을 찾아보면 되겠지. 어

린 아기를 어린이집에 보내는 것이 마음 아프다고 전전긍긍
하면 그 마음이 아이한테 오롯이 전달될 것 같다. 입양된 아
기라고 해서 무조건 가정양육만을 고집하는 것도 바람직하
지 않을 것이다. 우리가 건강하고 행복해야 모찌도 행복할 테
니까.

나보다 나은 우리 딸 모찌,
너의 첫 사회생활을 응원해.
친구들과 우당탕탕 뛰놀고
마음껏 웃고 안아주렴.
선생님께 배꼽인사하고 돌아오는 길
할머니와 손 꼭 잡고
길가에 흔들리는 강아지풀을 보아.
훌쩍 큰 키만큼 보드라운 네 볼만큼
자라 있을 거야.
네가 좋아하는 사과를
토끼 친구로 변신시켜 놓을게.
와그작와그작 맛있게 먹고
우리 뽀뽀를 하자.
사랑해 우리 아가,
어여쁜 모찌야.

벚꽃이 피어도 피지 않아도

우리의 벚꽃 생일

●

벚꽃이 아름답게 피어오르는 계절, 모찌는 태어났다. 그 꽃잎이 하늘하늘 날리는 동안 남편과 내 생일까지 있으니 나름 벚꽃 가족이다. 보송보송한 아기 꽃잎이었던 모찌는 어느새 세 살 꽃송이가 되었고, 우리는 한 줄 두 줄 주름이 늘어 겹벚꽃으로 피었다.

"여보, 올해도 대공원에 갈까?"

"좋지. 매년 모찌 생일날 가자. 같은 곳에서 사진도 남기고."

"응. 그런데 올해도 작년처럼 하고 갈 건 아니지? 이번에는 좀 멋있게 하고 가자, 응?"

"나? 왜?"

"허이구, 이거 봐봐."

작년 모찌의 생일날 찍은 동영상을 틀어보았다. 연분홍 빛이 흐드러지는 나무 아래 우리 셋이 있다. 커다란 하늘색 리본을 머리에 얹고 푸른색 잔 꽃무늬 원피스를 입은 모찌가 아장아장 걷는다. 뭐가 그리 좋은지 생글생글 싱그럽게도 웃

165

는다. 나는 그 뒤를 '우와~ 우리 모찌 예쁘다, 너무 예뻐'라고 말하며 쫓고 있다. 선물 받은 분홍색 트렌치코트 차림이다. 드디어 남편이 등장했다. 윤기 넘치는 올백 머리에 선글라스, 검은 후드티 차림이다. 입은 웃고 있으나 범접할 수 없는 카리스마가 흐른다.

당시에 남편은 헤나 염색약 부작용으로 치료를 받고 있었다. 조금이라도 젊은 아빠로 보이고 싶었을 텐데, 회색빛으로 변한 피부와 머리를 가리느라 애쓴 흔적이 다른 사람에게는 도발적으로 보였다.

"뭐야? 나 아직도 얼굴이 이렇게 까매?"
"아니, 지금은 엄청 많이 하얘졌지. 의사 선생님이 명의라니까. 그리고 얼굴색이 문제가 아니라 머리하고 옷이 좀 그렇잖아. 올해는 염색약 바르면 절대 안 돼!"

처음 찍은 우리 셋의 사진을 보니 그날의 공기와 온도, 햇살, 스치는 봄날의 풍경이 떠오른다. 평소 말쑥한 남편의 모습이 아닌 것이 내심 아쉽게 느껴지지만 괜찮다. 마음에 꼭 들어오는 기념사진을 찍으면 되니까. 올해도 우리는 그 자리에서 봄을, 우리의 생일을 만끽할 계획이다.

너의 두 번째 생일

●

"아무래도 콧물이 안 멈추는데 병원에 데려가야 되지 않겠나?"

친정 엄마가 걱정 어린 목소리로 물었다. 생일을 며칠 앞두고 모찌의 상태가 좋지 않았다. 어린이집에 다니면 감기를 달고 산다지만 콧물을 흘린 지 벌써 일주일째, 기침소리도 심해졌다. 집 앞 병원에서 약을 받아 먹이고 있었지만 차도가 없다. 이른 아침, 두꺼운 외투로 아이를 둘러싸고 근처에 잘한다고 소문난 소아과로 향했다.

"아이가 아픈 지 얼마나 됐죠?"
"일주일 정도 된 것 같아요."
"밤에 잠은 잘 자던가요?"
"아… 요 며칠 통잠을 못 자고 보채는 일이 많긴 했어요."
"아기들은 밤에 기침을 하면 위험해요. 많이 아프다는 뜻이니까. 편도가 조금 부었는데 아직 항생제 먹일 필요는 없을 것 같고, 약 먹으면서 며칠 두고 보죠. 지금 열은 없지만 혹시 모르니까 해열제도 같이 드릴게요."

167

몰랐다. 잘 먹고 잘 자고 잘 노는 아이라 밤에 보채는 것이 그저 무서운 꿈을 꿔서일 거라고 생각했다. 왜 아파서 보내는 신호라고 생각하지 못했을까. 약기운이 독했던지 집에 돌아오자마자 긴 낮잠을 잔다. 미안한 마음에 괜스레 모찌의 볼을 쓰다듬었다. 팔베개를 하고 아이를 품에 안는다. 작고 보드랍고 여린 아기가 내 품에 누워 잠을 잔다.

무언가 뜨거운 기운이 느껴져 잠에서 깼다. 나도 모르게 모찌 옆에서 잠이 들었던 것 같다. 모찌의 얼굴이 내 얼굴 위에 있다.

"엄마 자고 있네?"
"어 모찌야, 우리 모찌 일어났어?"

발그레하게 달아오른 얼굴이 예사롭지 않다. 체온을 재보니 38.4도. 안 먹겠다고 발버둥치는 아이를 붙잡고 억지로 해열제를 먹였다. 옷을 벗기고 아이를 안았다. 한 시간 정도 지나자 다행히 체온이 정상으로 돌아왔다. 하지만 밤이 되자 열과의 싸움이 본격적으로 시작되었다.

"여보, 빨리 체온계."

"몇 도야?"

"38.2도. 내가 물수건 좀 가지고 올게."

"응급실에 가야 되지 않을까?"

"아냐, 지금 응급실 가봤자 대기만 길게 해서 더 힘들 수 있어. 해열제 한 번 더 먹이고 물수건 해도 한 시간 내로 안 떨어지면 그때 가자."

물수건을 아이의 머리에 얹고, 몸의 뜨거운 곳들을 닦아주었다. 차가워서 놀라지는 않을까, 너무 아파서 경기를 하지는 않을까. 울고 싶은데 그럴 여유가 없다. 마음속으로 '하나님 도와주세요. 우리 모찌 아프지 않게 해주세요'를 되뇌었다.

"아이, 션해."

앙증맞은 목소리로 모찌가 말한다.

"시원해? 모찌야 시원해?"

눈을 꼭 감고 자면서도 시원하다고 말하는 모습이 얼마나 기특한지. 모찌의 한 마디에 호랑이 기운이 솟는다. 남편과 나는 소방차가 되어 모찌의 몸 구석구석 일어난 불길을 잡는다. 이내 등부터 뜨거운 기운이 가시기 시작한다. 아, 감사합니다. 첫날의 싸움이 마무리되었다.

하지만 다음 날도, 그 다음 날도 소방관들의 노력에도 불구하고 모찌의 열은 쉽게 잡히지 않았다. 매일 아침 병원 문이 열리기만을 기다려 아이를 의사 선생님께 보였다. 다행히 독감은 아니었다. 열 바이러스일 수 있으니 약 먹이며 며칠 두고 보자는 말만 이어졌다. 긴 싸움에 지쳤는지 모찌도 잠에서 깨면 엄마만 찾았다. 허리가 끊어질 것 같지만 마음이 더 아파서 아이를 손에서 놓을 수가 없다.

그날 밤도 그랬다. 약 기운이 떨어졌는지 자다 깬 모찌가 자지러진다. 아빠가 안아주려고 하자 돌고래 소리를 내며 운다. "엄마아~ 엄마아아아~." 아이를 남편에게서 받아 꼬옥 안았다. 이내 울먹임이 잦아든다. 내 어깨에 오른쪽 뺨을 기대고 힘든 숨을 몰아쉰다. 며칠 밤을 샜더니 내 눈꺼풀도 무겁다. 모찌를 안은 채 소파에 기대어 앉았다. 눈을 감고 조용히 자장자장 노래를 불렀다. 아이에게 부르는 자장가일까 아니면 나에게 던지는 위로의 노래일까. 새벽이 온다. 거실 밖으로 해의 줄기가 비춰온다.

"꼬~끼~오~."

자고 있던 모찌가 눈을 뜨고 나를 올려다본다. 동그란 두 눈이 수정처럼 깜박인다. 머리 위로 두 손바닥을 마주 올리고 닭 벼슬을 만든 뒤 손가락을 움직인다. 세상에서 가장 깜찍하고 아가아가한 목소리로 닭 우는 목소리를 흉내낸다. 귀가 밝은 녀석이 멀리서 들려온 닭의 울음소리를 들었나보다. 예상치 못한 모찌의 성대모사에 웃음이 터졌다. 내 눈에 카메라가 장착되어 있어서 이 순간을 놓치지 않고 담을 수 있다면 얼마나 좋을까. 사랑스러운 아이의 모습에 며칠간의 수고가 녹아내린다. 피로에는 우루사가 아니라 모찌. 아픈 와중에도 유머감각이 살아 있는 우리 아기, 이제 조금 나아가는 걸까.

벚꽃이 피어도 피지 않아도

●

벚꽃이 필 때면 마음이 두둥실 떠올라 물결처럼 일렁이는데 올해는 유독 그랬다. 작년 모찌의 생일날 추억이 너무 좋아서였을까. 올해도 그런 시간을 누리고 싶었다. 모찌가 많이 아픈 요 며칠간 아무런 생각도 나지 않았는데 조금씩 컨디션을 회복하면서 욕심이 슬그머니 얼굴을 비췄다.

"여보, 내일 모찌 생일에 대공원에 갈 수 있을까? 일기예보 보니까 기온이 많이 낮더라구."

"응, 가보자. 추우면 얼른 사진만 한 장 찍고 돌아오면 되지."

내 마음을 누구보다 잘 아는 남편은 쉽사리 거절하지 못한다. 그래, 정말 딱 한 장만 찍고 오자 다짐하며 모찌에게 겹겹이 옷을 입혔다. 모찌에게 감기를 옮은 남편은 차 뒷좌석에서 곯아떨어졌다. 천천히 차를 몰아 계획대로 대공원에 도착했다. 준비해 온 삼각대 앞에 선 순간 너무 추웠다. 찬바람이 온몸을 휘감았다.

"으악 추워, 모찌 이러다 다시 감기 걸리겠어."

"빨리 찍고 가자."

유모차에 앉은 모찌 양쪽 옆에 엉거주춤 앉아 사진을 찍었다. 반쯤 잘린 얼굴 위로 봉오리만 머금은 채 입을 굳게 다문 벚꽃 나무가 찍혔다. 상상했던 사진이 아니었다. 집에 돌아오는 차 안에서 미안한 마음이 몰려왔다.

"여보, 미안해. 내가 너무 욕심 부렸나봐."

"뭐가?"

"예쁜 사진 찍고 싶은 마음에 당신도 모찌도 아직 몸이 안좋은데 나오자고 해서."

"아냐, 이런 날도 있고 저런 날도 있는 거지. 매년 모찌 생일에 이렇게 사진 찍은 거 모아 놓으면 추억이 될 거야. 모든 사진이 밝고 예쁘면 재미없잖아. 오늘같이 추워서 오들오들 떨면서 찍은 사진도 있고, 비 맞으면서 찍은 것도 있고."

"그런가… 그래도 당신하고 모찌한테 많이 미안해."

작년 이맘 때 아기 스튜디오에 모찌의 돌 사진 촬영을 예약했었다. 그동안 못 남겨둔 순간들이 아쉬워서 돌 때만큼은 예쁜 모습을 담아주고 싶었다. 하지만 예정에 없던 돌 감사

예배를 드리게 되었다. 몇 장의 사진을 남기는 것보다 축하해 주는 분들을 모시고 모찌와 한 가족이 된 것을 기념할 수 있으니 그것이 더 의미 있고 감사한 일이라 생각했다. 스튜디오 예약을 취소하고 그 돈으로 집에서 돌상과 손님상을 준비했다. 많은 축하를 받은 저녁, 몇몇 분들이 보내준 사진을 확인했다. 대부분이 흔들리거나, 모찌가 다른 곳을 보고 있었다. 아쉬웠다. 특히 우리 셋이 찍은 사진이 없어 더 아쉬웠다.

그래서 선택한 것이 생일날 벚꽃 앞에서 기념사진을 남기는 것이었다. 작년에는 성공적이었고, 올해도 성공하리라 다짐했다. 특히 어린이집 준비물을 챙기며 기대와 욕심이 정점을 찍었다. 아이 생일이 있는 달에 성장스토리 보드를 만들어서 제출해야 했는데, 스토리에 공백이 있었다.

우리에겐 모찌의 신생아 시절 사진이 없다. 보육원에서 전달 받은 스무 장 남짓의 사진도 백일 이후 포동하게 살이 오른 모습만이 남겨져 있다. 성장스토리 보드를 어린이집 입구에 붙여둔다고 하니 한눈에 다른 아이들과 비교가 될 텐데, 한숨이 나왔다. 사실 지금이야 아주 어려서 잘 모르겠지만 커서 모찌가 느낄 공허함이 벌써부터 가슴 아프다. 그 전에 입양되었다는 사실을 자연스럽고 긍정적으로 인지할 수 있도록 최선을 다하겠지만 삶의 순간순간 마주하게 될 당황스러

운 상황들이 걱정된다. 그런 우려와 걱정들이 엉켜 기념사진
에 대한 집착으로 이어진 것 같다.

　그날 저녁, 온 가족이 식탁에 둥글게 모여 앉았다. 작은 케
이크에 불을 켜고 더 작은 초 2개에 불을 붙였다.

　"생일 축하합니다, 생일 축하합니다."
　"…다. 합니..다!"
　"사랑하는 모찌의 생일 축하합니다."
　"…하니다!!! 후우―."
　"와~ 박수!!"

　싱글벙글 웃는 눈의 모찌가 박수를 치며 생일 축하 노래를
따라 부른다. 가르쳐준 적이 없는데, 어린이집 생일파티 때
보고 배운 모양이다. 마무리로 초를 부는 것까지. 그 쪼그만
입을 내밀고 후― 하며 초를 끄는 모습이 더없이 사랑스럽
다. 그 모습을 자꾸만 보고 싶어 생일축하 노래를 끝없이 반
복했다.

　부엌 창가를 바라보았다. 커다란 유리 너머로 곱게 핀 진
달래와 벚꽃이 웃는다. 그렇게 힘겹게 달려가 벚꽃 사진을 찍

으려 했는데, 바로 우리집 앞에 있었네. 케이크 앞에서 신이 난 모찌의 얼굴을 가만히 바라보았다. 이 꼬맹이가 원하는 것은 화려한 기념사진이 아닐 수 있겠구나. 입양이라는 사실을 가리기 위한 방편이 아니라 입양 가족으로 현재를 살아가는 것, 아플 때 함께 아프고 기쁠 때 함께 축하할 수 있는 것, 그리고 살아가는 동안 매 순간 웃음을 잊지 않는 것. 모찌를 통해 배워간다.

아이가 있어서 엄마가 되었지만 아이의 마음을 통해 엄마가 되어간다. 벚꽃이 피어도, 피지 않아도 우리가 한 가족이라는 사실, 그것만으로도 참 감사한 봄이다.

몰랐다.
잘 먹고 잘 자고 잘 노는 아이라
밤에 보채는 것이 그저 무서운 꿈을
꿔서일 거라고 생각했다.
왜 아파서 보내는 신호라고 생각하지 못했을까.
미안한 마음에 괜스레
모찌의 볼을 쓰다듬었다.
작고 보드랍고 여린 아기가
내 품에 누워 잠을 잔다.

우
물
위
로
핀
하
늘

운이 좋았다. 경기도 이름 모를 산 중턱에 살고 있던 우리 가족에게 북적대는 아파트에서 살 기회가 주어졌다. 집에 대한 욕심은 없었다. 크고 멋진 집에 살면 좋겠지만 없어도 그만이었다. 적어도 남편과 나 둘일 때는.

모찌가 어린이집에 다니면서 문제가 생겼다. 어린이집까지는 도보 20분. 이른 새벽 서울로 출근하는 나를 대신해서 친정 엄마가 모찌의 등하원을 맡았다. 말이 걸어서 왕래 가능한 거리지 숨가쁜 언덕을 오르내려야 하는 길이다. 이까짓 거 별거 아니라고 자신만만하던 엄마도 석 달째 되는 날 백기를 들었다. 모찌와 어린이집 가방을 싣고 다니던 세발자전거는 산길을 못 이기고 망가졌다.

"내가 어떻게든 아파트로 이사 갈 방법을 찾아볼게."

막막했다. 큰소리쳤는데 월급은 뻔하고 아파트 전세값은 몇 년 새 감당 못할 정도로 올랐다. 집을 구할 때마다, 왜 나는 돈이 없는가 답 없는 질문만 반복하게 된다. 몇 년 전 알아보았던 신혼부부 특별 전세는 아이가 있거나 임신중이어야만 신청이 가능했다. 명칭은 신혼부부인데 애가 있어야 해당된다니. 만든 이들의 계산대로라면 혼전 임신으로 세 쌍둥이를 낳아 결혼한 지 6개월 이내라야 1순위였다. 당시 아이를 가질 수 없던 우리는 실망했다.

"엄마, 오늘도 모찌 데리고 올라오느라 고생했지?"
"아이다. 올라오는 길에 놀이터가 있길래 거기서 한참 놀다가 올라왔지. 어찌나 신나게 노는지. 우리 모찌가 사람을 참 좋아해. 언니랑 오빠랑 쫓아다니느라고 정신이 없어, 허허허. 그렇게 한바탕 신나게 놀고 올라오면 시원하게 요쿠르트 한 잔씩 하고 목욕한다 아이가."

우리 동네에 놀이터가 있었던가. 엄마의 표현으로 추측컨대 차도 옆에 어설프게 마련해 놓은 공터를 말하는 것 같다. 녹이 슬어 우중충한 미끄럼틀과 시소가 있는. 심지어 가드레일 위의 낮은 담은 차에 들이받혀 무너진 지 오래다. 땡볕 아래 위험하게 뛰어다니는 모찌와 힘에 부쳐 커피를 들이키는 엄마의 모습이 아른댄다. 아무런 대책 없이 아이를 키우고 싶다고 덤빈 내가 한심하다.

출근길 버스 안에 기대어 경기도권의 집들을 하나씩 뒤졌다. 서민들에게 주어지는 주거 정책들을 샅샅이 살폈다. 6년 전에는 아이가 있어야만 가능했던 신혼부부 특별전세는 이제 아이가 없어도 지원 가능하게 바뀌었다. 하지만 결혼한 지 얼마 되지 않고, 나이가 어리고, 아이가 많아야 2순위 안에는 들 수 있었다. 심지어 결혼한 지 7년 이내여야 한다는 규정. 누구 놀리세요? 이제 아이가 있는데 나이 때문에 안 되고 결혼 7주년까지 6개월밖에 남지 않았다. 야속하다. 그때는 그래서, 지금은 이래서 이래저래 대상이 되지 않는다. 이 나이 되도록 뭐했냐고 물으면 할 말이 없다.

부자였던 기억이 없지만 가난함을 가슴에 쌓고 살지 않았다. 숨이 막히기 시작하는 걸 보니 이제 시작인 건가. 하루 한 번 사 먹는 점심조차 부담스럽게 느껴진다. 통 크게 쏘고 싶은 커피는 뻔뻔하지만 얻어 마시기 시작했다. 이런다고 갑자기 돈이 모이거나 집이 생기지는 않겠지만 뒤늦게 가난함을 깨달은 마음이 못난 모습을 드러낸다.

늘 같지만은 않아

●

"엄마, 나 요즘 너무 힘들어."

"왜 안 그렇겠노. 니 보고 있으면 아등바등 불안한 게 외줄 타기 하는 것 같다. 새벽같이 나가서 일해야제, 오고 가는 길은 3시간이 넘지. 집에 와서 알라 봐야지. 또 왜 그렇게 챙기고 사야 할 건 많노. 보는 내가 정신이 없는데 니는 오죽하겠나. 병 안 나는 게 용타."

그저 한마디 했을 뿐인데 내 마음을 줄줄 읊는 엄마가 더 용하다. 엄마가 맞네. 나도 모찌의 마음을 내 마음 보듯 들여다볼 수 있을까.

"예전에 말이야. 어떻게 견뎠어? 힘들 때 말이야."

"응, 사당동에 살 때 정말 힘들었지. 너무 많이 울어서 그런가. 울고 있지 않아도 우는 얼굴이었어. 그러다 어느 날 거울을 봤는데 힘상궂은 얼굴이 서 있더라고. 너무 놀랐제. 내 얼굴이 이랬던가. 솔직히 너무 원망스럽고 힘들었어. 맨날 나 좀 살려 달라고 죽겠다고 기도했으니까. 다 가로막힌 것 같더라고. 엎드려서 엉엉 울었지. 그러다가 갑자기 뭔가 이상한

182

생각이 들더라고? 야야, 니 니만 좀 보지 말고 위에도 좀 봐라. 나 위에 있다."

"뭐야, 기도 응답이야? 어이 없어."

핀잔으로 받아쳤다. 하지만 궁금했다. 엄마의 신앙과 관련된 이야기가 나오면 이상하리만큼 어색하다.

"아니 진짜로. 내가 깊은 우물에 웅크리고 울고 있는 것 같더라니까. 근데 그 소리 듣고 위를 딱 쳐다봤더니 하늘이 있어. 퍼런 하늘. 그 하늘을 보니까 내가 지금까지 왜 이러고 살았노 하는 생각이 드는 거야. 그날로 웃는 연습을 했어. 안 웃겨도, 웃을 일 없어도 그냥 웃었어. 그랬더니 뭐라카든 줄 아나? 몇 년 지나고 어떤 사람이 내보고 웃는 모습이 너무 예쁘다는 거야. 공짜 성형 했다."

눈썹과 눈썹 사이에 세로로 진하게 그어져 있던 엄마의 주름이 기억났다. 그러게, 언제 없어졌지? 안 보는 척 엄마의 얼굴을 유심히 뜯어보았다.

"혜연아, 지금 많이 힘들어도 웃어. 알라 키우는 이때가 인생에서 젤로 행복한 때야. 니밖에 모르는 남편 있제, 알라 귀엽제, 엄마 든든하제, 뭐가 걱정이고. 돈이야 있을 때도 있고 없을 때도 있고. 아닌 말로 집이야 정 안되면 여기 계속 살아도 안 되겠나. 올해는 좀 쉬고 내년에 차 다니는 어린이집 또 알아보면 되지. 나는 모찌 덕분에 전혀 모르던 세상을 살아. 내 인생이 그저 그렇다고 생각했는데 모찌 키우면서 나중에 하나님 앞에 가도 할 말이 생겼다."

허름한 구석 골목길에 엄마와 단둘이 살 때는 영원히 그 생활이 끝나지 않을 줄 알았다. 나는 벌고 엄마는 갚고, 우리가 지지 않은 빚을 껴안고 살았다. 잊을 만하면 아빠의 욕설과 빚이 돌아왔다. 끔찍한 도돌이표 노래였다. 잊고 있었다. 각자의 고통을 감당하느라 서로를 살피지 못했던 때를. 엄마의 슬픔을 외면하고 밖으로만 공전하던 시간들. 나도 엄마를 따라 함께 웃었다면 어땠을까.

아무것도 달라진 것이 없는데 집 하나로 마음이 남루해졌다. 아이만 생기면 어떤 일이든 다 감당할 것처럼 굴었는데 간사하다. 그렇게 꿈꾸던 시간을 누리고 있는데 부러 근심을 만들어 나를 괴롭히고 있다니. 앞만 보고 돌진하는 병이 여전하다.

칭찬 스티커

●

신혼부부 7년의 마지막 2개월을 앞두고 전세주택 지원 사업에 당첨되었다. 우리가 원하는 집을 고르고 주택공사 명의로 계약을 진행하는 형태. 믿기지 않는다.

"딱 좋은 집이 있어요."

눈여겨본 동네의 오래된 아파트를 소개받았다. 2층이지만 1층이 관리실이어서 층간소음 걱정을 덜어도 되는, 낮은 창으로 소담한 모과나무가 보이는 집이었다. 낡았지만 내 손으로 다듬으면 우리집답게 만들 수 있겠다는 생각이 들었다. 남편과 눈빛을 주고받았다. 단숨에 계약을 마치고 장맛비가 쏟아지는 여름, 이사를 했다.

"모찌야, 이제 여기가 우리집이야. 이쪽은 모찌 방. 여기 모찌 인형이랑 책이랑 있지?"
"우리…집? 우와아아아아~."

처음 보는 아파트에 신이 난 모찌가 이리저리 뛰어다니느라 정신이 없다. 저녁이 되자 슬그머니 다가와 묻는다.

"이제 우리집에 가자."

"하하하, 모찌야 이제 여기가 우리집이야. 오늘 아침까지 살던 집은 빠빠이 잘 있어. 그동안 고마웠어. 인사하고 왔지? 앞으로는 여기서 엄마랑 아빠랑 할머니랑 사는 거야."

"우리…집? 정말?"

이틀째 되던 밤까지 그만 집으로 가자고 말하던 모찌는 금세 적응을 마쳤다. 아침이면 경비실 앞에서 어린이집 차를 타고 개구진 눈으로 인사를 한다. 해가 질 무렵까지 전국체전을 코앞에 둔 선수마냥 놀이터에서 뛰논다. 평지에서 사는 기쁨을 맛본 엄마는 탄천으로 운동을 다니기 시작했다. 남편은 아침저녁으로 버스 정류장까지 나를 데려다주는 수고를 덜게 되었다.

살다보니 일이 이렇게 풀리기도 한다. 그래서 재미있고 그래서 화가 난다. 몸뚱이를 들들 볶아도 안 될 때는 안 되고 생각 없이 멍때리다 찬스를 얻는 경우가 허다하다. 사연 많게 얻은 아이를 잘 키우고 싶은 마음에 욕심이 커졌나 보다. 모찌를 돌봐주는 엄마에 대한 미안함과 돈 번다는 허세에 감사를 놓칠 뻔했다.

"여보 그거 알아? 우리집이 완전 교통의 요지야."

"그러네. 광교도 가깝고 분당도 코앞이고, 동탄도 생각보다 멀지 않은데? 마트랑 아울렛도 가까이 있고. 역시 우리 마누라 안목은 최고야."

"응. 회사 빼고 다 가까워."

회사와 20분 더 멀어졌지만 상관없다. 더 일찍 일어나거나 화장을 포기하면 깔끔하다. 이사 후 더 행복해진 세 사람을 생각하면 회사에서 양치를 한들 문제 될 것 없다. 새벽같이 일어나는 딸내미가 늘 배웅해주는데 어떻게 행복하지 않겠는가.

"엄마 뽀뽀, 이거 스티커 꼬옥 붙이고. 안녕 다녀오세요!"

모찌가 앙증맞은 손으로 내 손등에 스티커를 붙여준다. 힘차게 걸으며 아가 냄새가 배인 손등을 올려 본다. 작은 개구리 얼굴이 그려진 스티커에는 이렇게 쓰여 있다.

'최고예요!'

분홍빛 새벽 하늘이 눈부시다.

햇님을 닮은 아이

닮아도 너무 닮았네

●

"선생님, 애기 이제 몇 살 됐어요?"

오늘 아침 바꾼 카톡 프로필 사진을 보고 친한 동료가 묻는다.

"우리 애기? 이제 세 살이에요."

"어머나, 벌써 그렇게 컸어요? 하긴 사진 보니까 어린이가 다 된 것 같아요."

"진짜 많이 컸죠. 너무 빨리 커서 아쉬워요. 지금 모습을 딱 붙들어 놓고 싶어."

"그나저나 선생님하고 너무 똑같이 생긴 거 아니에요? 아기 때 사진도 그랬지만 크니까 완전 선생님이에요. 선생님이 선생님을 낳은 줄! 역시 유전자의 힘은 너무 강력해."

말할까 말까. 모찌와 입양을 통해 가족이 되었다는 사실을 밝히는 것이 어렵지는 않지만 늘 타이밍이 중요하다. 묻지도 않는데 불쑥 '저 입양했어요'라고 말하던 하수 시절을 지나 지금은 가능한 한 상대방이 어색해하지 않고 대화가 매끄럽게 이어질 때 슬쩍 이야기하는 중수가 되었다. 지금처럼 듣기 좋은 오해가 반복될 것 같은 때는 지금이다.

"하하하, 요즘 그런 소리 정말 많이 들어요. 살다 보니까 진짜 닮아가나 봐. 피가 안 섞여도 이렇게 닮아가는 게 저도 놀라워요."

"어 선생님, 그게 무슨 말이에요?"

"아아 모르셨구나. 제가 하도 뜨문뜨문 이야기를 하고 다녀서 아시는 분도 있고 모르시는 분들도 있어요. 우리 딸내미는 입양으로 만났어요."

"진짜요? 몰랐어요. 그런데 입양했다는 사실을 알고 봐도 너무 닮았어요. 웃는 표정이나 입매, 얼굴형두요. 선생님네 아기 사진 중에 제가 진짜 좋아하는 사진 있어서 그거 저장해 놨잖아요. 흐흐흐."

멋진 여인, 오늘따라 오기 싫었던 회사에 오기를 참 잘했다.

모찌가 두 돌이 지나자 모찌와 내가 닮았다는 사람들이 많아졌다. 살면서 '바른생활 교과서'에 등장하는 영희나, 잘 알려지지 않은 연예인 누구를 닮았다는 말을 들어본 적은 있지만, 가족과 닮았다는 이야기는 처음이다. 간혹 입양 가족 모임에 갔을 때 자로 잰 듯 닮은 가족들을 보며 신기하다 생각했다. 그 대상이 우리가 될 줄은, 기대치 못했다. 어제 찍은 모찌의 사진을 찾아봤다. 닮았나?

누가 누가 닮았나

●

　이사 준비로 정신없던 초여름, 익숙하지 않은 아이디로부터 메시지가 왔다.

　"안녕하세요, 모찌랑 같은 반 친구 지안 엄마예요."

　이사를 가게 되어 어린이집을 옮기게 되었다는 글을 어린이집 단톡방에 올렸는데, 그 글을 보고 연락을 주셨나보다.

　"안녕하세요."

　"지안이가 모찌를 너무 좋아했는데 퇴소하게 되셨다니⋯ 너무 아쉽네요."

　"네 저두요. 갑자기 이사 계획도 잡히고 모찌랑 할머니 감기도 안 떨어져서 그렇게 결정하게 되었어요. 모찌도 지안이 너무 좋아해요."

　"실례지만 혹시 멀리 가세요? 지안이가 집에 오면 모찌 이야기를 많이 했는데⋯ 모찌가 갑자기 떠나서 아쉬워할 것 같아요. 멀리 가시지 않으면 지안이랑 모찌 가끔 만나서 키즈카페도 가고 연락하면 좋을 것 같아요. 친한 친구 사이라 등원할 때도 서로 마주치면 참 좋아했어요."

모찌가 친구들과 잘 어울린다는 사실을 알고 있었지만 이렇게 서로 친한 친구가 있는 줄은 몰랐다. 어린 아기여서 헤어짐이 크게 문제될 것 없다고 생각했는데 과오다. 그날 저녁, 식구들이 모였다.

"여보, 아무래도 어린이집에 모찌 데리고 가서 마지막 인사를 하는 게 좋지 않을까?"

"응, 그게 좋겠다. 내가 오전에 한 번 데리고 가서 인사 시키고 올게."

"우리 모찌, 친구들이 엄청 따르고 좋아했는데. 섭섭해서 우짜노?"

모찌의 어린이집 생활을 가장 잘 아는 친정 엄마가 덧붙인다.

"모찌가 인기가 많아. 집에서만 애지 어린이집 가면 다르다. 선생님 말도 잘 듣고, 친구들하고도 얼마나 잘 노는데. 애들이 모찌 노는 거 보면 그렇게 재미있어 보이나봐. 영락없이 혜연이 너다."

"나?"

"그래, 니 어렸을 때 친구들한테 얼마나 인기가 많았는데. 유치원 다닐 땐가. 니가 다른 아랑 손잡고 다녔다고 짝꿍이 엉엉 울고. 맞다. 니 보조개 예쁘다고 집에서 젓가락으로 볼 찌르고, 결혼하겠다고 줄선 아들도 한둘이 아니었다."

"헐, 그때가 내 전성기였네. 그 운이 이십대 때 있었어야 하는 거 아냐?"

사실 확인은 어렵지만 나를 닮아 그렇다는 이야기에 몹시 흐뭇하다.

"모찌가 인기 많은 게 솔직히 당신을 닮아서는 아니지."

고개를 절레절레 젓더니 남편이 말을 가로챘다.

"모찌는 날 닮았지. 그렇지 않아요 장모님? 제가 워낙 어린 시절부터 인기가 많았어요. 친구들 잘 챙기고 리더십 있고, 일하면서도 제 팬이 얼마나 많았어요. 아시죠?"

"그 말도 맞제. 우리 오 서방이 또 한 인기 하지. 맞다. 모찌가 오 서방도 닮았다. 그러고 보니까 오 서방을 쏙 뺐어. 키 크지, 빼빼하지, 소식하지. 또 예의 바르고 따뜻하고."

"그래그래, 당신을 닮았지. 편식이 심해서 바삭한 과자나 튀김만 좋아하고, 밥 차려 놓으면 김만 먹고. 멋 부리기 좋아하고, 맨날 치마만 입으려고 하는 것도 다 당신 닮아서야!"

꼬집어 말할 수는 없지만 모찌에게서 익숙한 느낌을 받을 때가 많았는데 그 이유가 남편이었나보다. 말해 놓고 보니 비

숫하다. 구르듯 걷는 발랄한 움직임과 '아하하하하' 목젖이 드러나는 호탕한 웃음, 옷장 앞에서 잠시의 망설임도 없이 마음에 드는 옷을 꺼내 드는 결단력, 엉엉 울다가도 재미있는 화제로 전환하면 뒷끝 없는 땡깡까지. 내가 그를 사랑했던 이유들이 모찌에게도 담겨 있다. 남편을 닮았다.

인기쟁이 모찌

●

"아빠, 어디 아파요?"

작은 병원놀이 상자를 든 모찌가 침실로 왕진을 나섰다.

"야 이 녀석아, 니가 발로 차 놓고 아프냐고 묻는 게 어디 있어? 아빠가 이야기했지? 사람 발로 차면 안 된다고, 아야 한단 말이야."

"아야? 아야해쪄? 여기? 모찌가 호— 해줄까요?"

설거지를 하다 두 사람의 대화에 귀가 멈춘다. 또래보다 말이 빠른 모찌가 할 수 있는 말이 늘수록 대화를 엿듣는 재미가 쏠쏠하다.

"자, 아— 해보세요."

청진기와 작은 거울을 들고 아빠의 입 속을 들여다본다. 터프하게.

"아아, 너무 깊숙이 넣지 말구!! 아빠 목청 나가겠다! 켁 켁."

"어? 아파요? 감기다 감기! 콜록콜록. 이제 의사 선생님이 주사 놔줄게요."

　장난감 주사기를 어찌나 세게 엉덩이에 꽂는지 남편의 비
명소리가 방 안을 가득 채운다. 소리가 커질수록 깔깔깔깔 어
린 모찌의 웃음도 커진다. 내게는 없는 다정다감함이다. 장난
이 지나칠 때도 있지만 아프다는 사람을 절대 지나치는 법이
없다. 엄마가 감기로 며칠째 누워 있어도 약 한번 사다준 적
없는 나는 그런 모찌가 마냥 신기하다. 매일 반복되는 부녀의
대화를 들으며, 십 년 뒤, 이십 년 뒤를 상상하게 된다.

　"니는 좋겠다."
　거실에서 마른 빨래를 개던 친정 엄마가 흐뭇한 미소로 말
한다.
　"뭐가?"
　"모찌가 니 딸이어서."

　엄마가 고작 다섯 글자 말했을 뿐인데 미안한 마음에 딴청
을 부렸다.

　"그리고 내도 모찌가 내 손주여서 너무 좋아. 니 키울 때는
아가 똑똑하고 얌전해서 좋았는데, 모찌는 너무 예뻐. 하는

짓이 너무 예뻐서 뽀뽀만 해주고 싶다. 아까도 커튼 좀 걷어
낼라고 의자 위에 올라갔더니 그새 쪼르르 달려와서 할마 괜
찮냐고 자기가 도와주겠다고 의자를 끌고 오는데, 눈물이 날
라 카드라."

"모찌가 그랬어?"

"저 아는 커도 저럴 거야. 지 친구들한테도 저래. 유준이 알
지? 어린이집 같은 반 친구. 걔가 말이 없고 애들하고 잘 안
어울리는데, 모찌한테만 딱 달라붙어서 놀아. 왜 그런가 오고
갈 때 봤더니 모찌가 먼저 유준이한테 가서 말도 걸고 간식
도 같이 먹자고 주고 그러더라고. 쟈는 알라가 아니다."

엄마의 말을 듣고 며칠 전 신이 나서 달려온 모찌가 내게
건넸던 말이 생각났다.

"난 모찌야."

자신을 향해 폈던 오른 손바닥을 내 쪽으로 돌리며 말했다.

"너언?"

당황했다. 너무 귀엽고 어여뻐서 꼭 끌어안고 싶다.

"나? 나는 엄마야."

"응, 난 세 짤이야. 너언?"

"난… 서른아홉 살이야."

"반가워. 우리 이제 나가서 놀까?"

당당하고 멋지다. 내 딸 모찌.

입양할 때 특별히 닮은 아기를 추천해 달라고 했는지 질문을 받을 때가 있다. 특별히 바라는 것이 없어서 '건강한 아기면 좋을 것 같다'고 했다고 있는 그대로 말한다. 그러나 나도 사람인지라 나를 닮은 아기를 상상해 볼 때가 있었다. 남편과 나를 반반 섞으면 어떤 모습일까. 고등학교 때까지 이과였던 나와 뼛속까지 문과인 남편이 고루 섞이면 어떤 아이가 태어날까. 과학적 사고와 감성적 통찰을 겸비한 희대의 학자가 나오거나 노래 잘하는 남편과 그림에 소질이 있는 나를 닮아 예술 전반에 재능을 발휘하는 아티스트가 나오게 되는 것은 아닐지, 궁금했다.

반대로 꼭 닮지 않았으면 하는 부분도 있었다.

"나 어렸을 때 너무 마르고 키도 작고 볼품이 없었어. 예민해서 엄청 울고. 수줍음이 얼마나 많은지 고등학교 때까지도 매표소에서 표 사는 게 그렇게 힘들더라고. 어디어디 가는 표 달라고 말을 하는 게 왜 그렇게 어려운지."

말하는 것이 직업인 남편도 버리고 싶은 성격이 있다.

"모찌랑 완전 다르네? 나는 중학교 때 이후로 친구를 사귀는 게 너무 힘들어. 지금이야 뭐 그럭저럭 사람들 하고 잘 지내지만, 여전히 조심스럽고 겁이 날 때가 있거든. 그래서 그런가, 모찌가 이 사람 저 사람한테 계산 없이 친근하게 다가가는 게 너무 부러워."

"모찌가 정말 타고난 부분이 있지."

남편의 말이 맞다. 우리와 전혀 다른 모찌는 잘 자고 잘 놀고 잘 어울린다. 살면서 나와 그를 닮은 점이 늘어가지만 나와 달라서 좋다. 닮아서 좋고, 닮지 않아서 감사하다.

"사실, 요즘 그런 생각을 자주 해."

이참에 한 번 더 솔직해져 보기로 한다.

"무슨 생각?"

"만약 내가 모찌를 낳았어도 이보다 더 잘 낳았을 수는 없었겠다는 생각."

"하긴, 그럴 수도 있겠다. 그럼 우리 모찌는 누굴 닮아 이렇게 예쁜 거지?"

"음… 햇님, 웃음 소리가 맑고 깨끗한 햇님."

제 4 부

편견에게 전하는 인사

실례지만, 입양한 사람 처음 봐요?

입양한 사람을
한 번도 만나보지 못한 당신에게

●

모찌가 집에 온 뒤 언제쯤 말하면 좋을까 고민했다. 회사에 입양 얘기를 꺼내지 않았기 때문이다. 십 년 넘게 회사라는 곳을 경험해 보니 말은 아낄수록 좋았다. 특히 연애, 결혼, 임신, 이직 등 입방아에 오를 만한 이야기는 최후에, 더 이상 물러설 데가 없다고 생각될 때 말하는 게 나았다. 반면 특수 집단(?)에 속한 남편은 입양 상담을 시작한 첫날부터 오픈, 입양의 모든 과정을 동료들에게 중계했다.

"아무래도 친한 선생님들한테 먼저 이야기하는 게 좋겠지? 부장한테는 제일 마지막에 하고."

"뭘 그렇게 머리를 써? 그냥 이야기하면 되지. 다들 엄청 축하해 줄 거야."

"그런가? 내가 너무 오바하나?"

동료들로부터 늘 응원을 받는 남편이 내심 부러웠다. 하지만 이제는 나도 당당하게 축하받을 수 있다. 모찌 사진을 보면 다들 놀라겠지? 달력 위 가장 좋아 보이는 날에 하트를 그려 넣었다.

이러려고 말한 게 아닌데

●

여느 때처럼 팀원들과 점심을 먹고 있었다. 직장사 한 바퀴, 세상사 한 바퀴 돌고돌아 할 말이 바닥날 때쯤이었다.

"그런데 선생님, 선생님은 아예 아이 안 갖기로 했어요? 딩크예요?"

"맞다, 자기 결혼한 지 꽤 됐지? 부모님이 뭐라고 안 그래?"

"아유~ 애 없는 게 훨씬 낫지 뭘 그래. 잘 선택한 거야. 갖지 마, 그냥."

내 대답은 듣지도 않고 서로 떠들기 바쁘다. 잠시 망설였다. 지금 그냥 말해버릴까? 아니다. 친한 선생님들이 섭섭해할 거다. 그래도 이렇게 자연스럽게 분위기 조성됐을 때 말하는 게 낫지 않을까? 생각이 머릿속을 구른다. 그래, 언젠가는 말해야 하니 고민하지 말고 지르자.

"저… 사실 이번에 입양했어요. 지난주에 드디어 아기가 집에 왔어요."

"……."

정적이 흘렀다. 내가 무슨 잘못이라도 한 걸까? 입양이 아닌 이직하게 됐다고 잘못 말했나?

"어어… 그래? 잘됐네."

"……."

"그나저나 이번 주에 회식한다며? 어디로 간대?"

기대했던 순간이 유리알처럼 흩어졌다. 상대방에게 내가 원하는 대로 행동하고 말하라고 요구할 수는 없지만 이건 아니었다. 상상했던 모든 경우의 범주에 이런 상황은 없었다. 당연히 축하한다고 말할 줄 알았고, 아기 이름은 뭐냐고 물어볼 줄 알았다. 살면서 다양한 무시를 경험했지만 이건 색다르다. 옆집 아줌마가 아이를 낳아도 축하한다고, 아기 귀엽다고 말하는 게 보통 아닌가. 잘됐다니. 도대체 뭐가 잘됐다는 건가. 예상치 못한 전개에 할 말을 잊은 나는 다 먹고 남은 칼국수 그릇만 젓가락으로 휘저었다.

퇴근 후 남편에게 울분을 토하자 설마 사람들이 진짜 그랬는지 되묻는다. 내가 왜 입 아프게 거짓말을 해 이 사람아. 둘이 식탁에 앉아 곰곰이 생각해봤다. 그리고 내린 결론은 '당황해서'다. 어떤 악의가 있어서도, 나를 미워해서도 아니고

단지 당황해서. 단 한 번도 입양에 대해 생각해보지 않은 사람이라면 어떻게 반응해야 좋을지 모를 수 있다. 축하해야 할일인지, 가슴 아파해야 할 일인지 분간이 가지 않을 수도 있다. 지금까지 나와의 호의적인 관계를 생각해봤을 때 그게 맞는 것 같다. 그럼 방법과 대상을 바꿔보자.

이게 뭔가요?

●

회사의 그녀들과 둘러앉았다. 직장생활의 부조리함에 대해 함께 분개하고 희로애락을 같이하는 사람들. 팀원들과는 맺은 끈의 겹이 다르다. 분명히 내 마음의 반은 이해할 것이다.

"있잖아. 나 말할 게 하나 있어."(활짝 웃으며)

"뭔데? 뜸들이지 말고 빨리 말해봐."

"음… 나 드디어 엄마가 됐어. 오랫동안 입양을 준비해왔는데, 지난주에 드디어 아기가 왔어."(더 활짝 웃으며)

"뭐? 진짜? 딸이야 아들이야?"

"헐 대박! 시댁에서 뭐라고 안 해? 진짜 입양한 거야?"

"야 근데, 그럼 회사는?"

"잠깐만… 입양해도 육아휴직 줘?"

너무 커리어우먼이다. 워킹맘인 것이다. 이미 아이가 있는 그녀들에게는 아이가 생겼다는 사실보다 그 뒷감당을 어떻게 하느냐가 포인트다. 입양에 대한 나의 들뜬 감정을 절실히 표현했음에도 또 예상을 뒤엎었다. 왜 이렇게 축하받기가 힘든 것일까. 축하 좀 해주면 안 되나. 그 말 한마디 뱉는 게 그렇게 어려운가. 끝내 그 말을 듣지 못하고 필요한 걸 사주겠다며 서로 아웅다웅하다 자리를 파했다.

그날 저녁, 식탁 위에 하얀 공단 리본으로 곱게 포장된 상자가 놓여 있었다. 남편이 동료에게 받아 온 모찌 선물이었다. 돌 때 입히라고 예쁜 드레스를 선물해 주었단다. 만년필로 꾹꾹 눌러쓴 카드에는 진심어린 축하의 인사말이 적혀 있었다. 울고 싶다. 나, 지금까지 잘못 살아온 걸까?

어디를 가든 누구를 만나든 변하지 않는 것

●

좋은 기회에 이직을 하게 되었다. 아쉬움도 있었지만 오히려 잘됐다 싶었다. 중간에 "나 별안간 아기가 생겼어요"라고 말하는 것보다 "아기가 한 명 있습니다"라고 말하는 편이 훨씬 쉬울 것 같았다. 직종의 특성상 상대방을 배려하고 공감하는 데 익숙한 사람들이 더 많으리란 기대도 물론 있었다. 전 직장에서 씁쓸한 맛을 봤기에 두 번째는 더 잘할 수 있을 것 같았다. 하지만 부서 배치 첫날 깨달았다. 사람들의 반응이 아니라 그것을 받아들이는 내게 더 많은 연습과 훈련이 필요함을.

새로 일하게 된 팀은 결혼 유무와 상관없이 앞으로 아이를 가질 계획이 없거나 아이가 없는 사람들로 구성되어 있었다. 아이가 없을 때는 워킹맘에 둘러싸여 일했는데, 아이가 생기고 나니 반대의 상황에 놓이게 되었다. 아이러니하다. 나 또한 아이가 없던 시절, 회사에서 아이 이야기를 꺼내는 사람들을 이해할 수 없었기에 자연스레 입을 닫았다. 물론 입양한 사실을 팀원 모두가 알고 있다. 하지만 서로 궁금해하거나 말하지는 않는다. 간혹 귀여운 모찌 사진을 보다 옆자리 선생님께 자랑하고 싶을 때가 있다. '우리 모찌 진짜 귀엽지 않아요?' 하지만 이내 마음을 고치고 이어폰을 꽂은 채 어제 찍은 모찌의 동영상을 본다.

새로운 곳에 갔으니 굳이 입양했다고 말하지 말라고, 직장에서 왜 사생활을 꺼내냐고 묻는 사람도 있겠다. 하지만 모찌를 입양한 것은 팩트고, 내 삶에서 굉장히 중요한 부분을 차지한다. 누군가 궁금해한다면 망설임 없이 이야기하고 싶다. 하루에 최소 9시간, 인생의 많은 시간을 보내야 하는 곳에서 벽을 세우고 살고 싶지도 않다. 서로 지켜야 하는 경계는 있되 따뜻한 관심은 갖고 싶다.

다만 입양에 대한 사람들의 예기치 못한 반응에는 더 이상 민감해지지 않기로 했다. 축하든 무시든 혹은 무덤덤함이든 받아들이려 노력한다. 반응에 내재된 의미 따위 깊이 생각하지 않고, 아 이 사람은 이렇게 보는구나 하기로. 그것에 대한 가치 판단은 하지 않는다. 다른 사람들에게 축하받으려고 모찌와 가족이 된 게 아니니까. 상대방이 우리의 입양을 어떻게 바라보든 본질은 달라지지 않는다. 그래서 나는 더 자유롭게 입양에 대해 이야기한다. 마음 내키는 대로.

참 많은 사람들에게 모찌의 입양을 알렸다. 그리고 그 반응은 각양각색.

지금까지 내가 들었던 답변 중 베스트.

"모찌는 선생님이 엄마여서 정말 좋겠어요!"

기도하지 않아서가 아닙니다

열심히 기도하면 엄마가 될 수 있나요?

●

"어머나~ 신부가 너무 예쁘다!"

"아 뭐야, 이러려고 늦게 결혼하는 거였구나? 어머 안녕하세요? 저희는 ○○이랑 친한 선배에요. 결혼 진짜 축하 드려요."

"우리 ○○이 나이도 많으니 얼른 아이 가져야 할 텐데. 예쁜 아기 빨리 가지시길 기도할게요!"

30분째 모르는 얼굴들이 신부 대기실을 찾아왔다. 대부분이 남편 손님일 거라 예상은 했지만 이 정도일 줄이야. 에어컨을 틀어 놓았는데도 7월의 무덥고 습한 기운이 작은 공간을 빈틈없이 채웠다. 연신 손수건으로 땀을 닦으며 미소를 놓치지 않기 위해 안간힘을 다했다.

들러리를 자처한 친구의 입에서 볼멘소리가 나왔다.

(복화술) "뭐야, 왜 다들 너한테 애를 낳아라 마라 난리야?"

(미소를 머금고) "몰라, 다 축하해주고 싶어서 하는 말이겠지. 엄한 소리 하지 말고 거기 물통 좀 줘봐. 왜 이렇게 더워?"

입에 갖다 댄 빨대로 물을 삼키며 잠시 생각했다. 하긴 처음 만난 사이에 주고받을 덕담은 아닌 듯하다. 그래도 뭐 어떠한가. 오늘 주인공은 바로 나, 결혼식을 축하해주기 위해 오신 분들이니 어떤 덕담도 그저 감사하다. 오랜 신앙생활을 해온 양가 부모님과 남편 덕분에 많은 기독교인들이 결혼식에 와주었다. 이제 막 교회를 다니기 시작한 나로서는 어색한 부분이 없지 않지만 따뜻한 격려의 말들이 듣기 좋았다. 무엇보다 아빠도 없고, 친구도 적은 내가 이렇게 많은 축하를 받으며 결혼할 수 있다는 사실만으로도 교회에서의 결혼이 감사했다.

유쾌하고 경건했던 결혼식의 마지막 순서, 초청 목사님의 축복기도가 이어졌다. 앞으로 이뤄갈 가정에 대한 책임과 무게감이 느껴지는 문장들이 지나가고 축복의 말들이 쏟아졌다. 모두 기억에 담지 못했지만 진심이 스민 기도였다. 그리고 마지막 한 마디.

"이 가정에 하늘의 별처럼 무수히 많은 자손을 허락하여주소서."
"아멘."

모두의 아멘 소리가 커다란 복덩어리가 되어 가슴에 콕 안겼다. 이렇게 많은 축복을 받아본 적이 있던가. 참 운도 없고 복도 없다고 생각했던 내 삶에 은하수가 물결처럼 쏟아지는 것 같다.

남편은 30대의 마지막 해, 나와 결혼했다. 장가 가기를 포기한 듯 보였던 사람이 결혼을 하니 축하의 크기가 남달랐다. 덩달아 빨리 아이를 갖기를 바라는 응원의 열기도 대단했다. 내심 그 응원이 싫지만은 않았다. 반장이 될 생각은 딱히 없지만, '혜연이를 반장으로 추천합니다'라는 친구들의 말에 터져나오는 웃음을 억누르고 어깨를 으쓱하며 단상 앞으로 나올 때처럼 말이다. 그래서 신혼 초에는 아이를 달라고 기도하지 않았다. 왜? 당연히 아이가 생길 테니까. 수많은 사람들이 우리를 위해 기도하고 축복했으니 의심의 여지가 없다.

신혼여행을 다녀온 뒤 친한 동료와의 점심식사 자리였다.

"선생님 그거 알아요?"
"뭐요? 나 없는 동안 회사에 무슨 일 있었어요?"
"아니. 하하하. 우리 회사에 임신의 축복 있는 거요."
"네? 그게 뭐예요?"

"우리 회사 직원들 임신 엄청 잘되잖아요. 우리가 하는 일이 그래서 그런가. 아무튼 반 이상이 허니문 베이비 아니면 6개월 내로 아이를 갖는다니까요. 이 사진 좀 봐요."

휴대폰 화면을 보았다. 동그랗게 부푼 배를 안고 있는 A팀 김 대리와 C팀 이 과장, 그리고 H팀 신입사원까지… 사진 속에는 모두 9명의 임산부가 환하게 웃고 있었다. 같은 해에 아이를 가진 것을 기념하여 사진관에서 사진을 남겼다고 한다.

"우리 아기도 허니문 베이비잖아요. 전 진짜 그렇게 빨리 아이를 갖게 될 줄은 꿈에도 몰랐어요. 확인하고 나서 얼마나 놀랐던지. 요즘에는 또 갑자기 둘째 생기면 어쩌나 좀 걱정돼요. 잠깐만, 선생님도 혹시 허니문?"

정말 그럴지도 모른다. 결혼하면 바로 아이가 생기는 사내 문화(?)에서 나만 예외일 리 없지. 그날 바로 테스트기를 샀다. 결과는 꽝이었지만 상관없다. 허니문 베이비가 아닐 뿐 금세 아기가 생길 테니까.

몇 달이 흘렀다. 비슷한 시기에 결혼한 직장 동료들의 임신 소식에 조금씩 마음이 흔들렸다. 약속이나 한 듯 6개월 내

에 임신을 한 그녀들은 당당하고 맑은 얼굴로 '잠시 출산 휴
가 다녀오겠습니다'라고 말했다. 단지 임신이 늦어질 뿐인데,
왜 전쟁터에 홀로 남게 된 낙오병 같은 기분이 드는지. 퇴근
시간, 덜컹거리는 버스 안에서 임신을 하게 되면 신을 낮은
단화를 검색했다.

아이를 갖지 못하면 복이 없는 건가요

●

결혼 전, 익숙하지 않은 교회 문화에 대해 걱정할 때 엄마가 말했다. 사람들이 곤란한 질문을 하거든 예쁘게 웃으며 '잠시 화장실에 좀 다녀올게요'라고 말하라고. 결혼 2년차, 나는 자주 화장실에 가게 되었다.

#상황 1. 로비

"아휴, 새댁 결혼한 지가 꽤 됐는데 왜 아이가 안 생길까?"

"왜 그런 곤란한 질문을 하고 그래. 하나님이 어련히 알아서 주실까."

"네. 주시겠죠. 하하하. 잠시만 화장실 좀 다녀올게요."

#상황 2. 수요일 저녁

"어머나, 열심히 기도하는 거 보니까, 아기 기도 하는 거 맞죠? 사람들은 쉽게 애가 생긴다고 생각하는데 아니라니까요. 나도 아이 달라고 얼마나 정성을 다해 기도했는지 몰라요. 이게 한 사람 기도로는 절대 안 돼. 중보가 필요하다니까. 내가 같이 기도해줄게요."

"네, 감사해요. 저 잠시 화장실이 급해서…."

#상황 3. 남편과 다투고 분해서 눈물이 났을 때

"뭐야 새댁? 지금 우는 거야? 그래 맞아, 눈물이 나지. 왜 안 그러겠어. 속상하지. 그렇게 다 쏟아내며 기도해야 하는 거야. 그럼 하나님께서 들어주시거든. 모쪼록 아이 가지려면 마음을 편하게 가져야 해요."

"네에. 저 잠시만요…."

#상황 4. 가족 모임

"우리 혜연이 태를 열어주시고… 귀한 아이를 보내주셔서…."

"……."

#상황 5. 선배와의 전화 통화

"아무래도 교회에서 봉사를 적게 해서 그런 거 아닐까? 생각해봐. 너 기독교인 된 지 얼마 안됐잖아. 그런데 이것저것 달라고만 하면 주겠어? 너도 네가 믿는 하나님한테 뭘 드릴 게 있나 한번 생각해봐."

"그런가?"

#상황 6. 조 모임

"이게 다 하나님의 계획 안에 있는 거 아닐까요? 혜연 자매를 좋은 신앙인으로 훈련시키기 위해서요. 그 훈련이 끝나면 하나님께서 분명 선물을 주실 거예요."

"여보, 나 배가 좀 아파서… 잠시만요."

정작 내가 기도하고 있는 신은 묵묵부답인데 주변의 해석이 어지럽게 춤을 췄다. 그냥 하는 말이려니 넘기고 싶었지만 아이를 기다리는 시간이 길어질수록 어려웠다. 사람들로부터 도망쳐 우두커니 앉은 화장실 안에서 그들의 말을 떠올렸다. 신앙의 선배, 아니 아이를 먼저 가진 경험자들의 말을 무시할 수가 없다. 마음의 중심이 다부지지 못한 내가, '아이는 좀 나중에 가지려구요' 그런 식상한 거짓말조차 하지 못하는 내가 미웠다.

그러던 어느 날, 가까운 친척의 임신 소식에 어렵게 붙들고 있던 멘탈이 허물어져 내려앉았다. 거짓 없이 말하자면 축하하고 싶지 않았다. 사람의 도리를 하라는 가족의 권유에 못이겨 몇 번을 지우고 다시 써서 축하의 말을 문자로 전했다. 이윽고 답장이 왔다.

"축하 감사해요! 혜연 씨도 언젠가 하나님께 선물을 받게 되실 거예요. 평안하시길 바랄게요!"

그녀의 카톡 프로필을 보았다. '하나님 땡큐, 선물 감사'라는 메시지와 함께 태아 사진이 있었다. 눈물이 뚝 떨어졌다. 친구 목록에서 삭제 버튼을 눌렀다. 바로 몇 시간 전, 산부인과에서 아이를 갖기 어렵다는 말을 듣고 난 뒤였다.

무엇을 기준으로 선물을 주고 안 주는가. 그 동안의 내 기도는 모두 헛된 것이었을까. 아니면 혹자의 말처럼 눈물로 쌓은 기도가 높이 쌓여야 하늘에 닿는데 아직 덜 쌓인 걸까. 나를 좋은 신앙인으로 거듭나게 만들기 위한 신의 훈련이라면 거절하고 싶다. 애초에 좋은 신앙인이 되고 싶은 생각 따위 없었다. 그냥 큰 욕심 없이 가정을 이루고 아이를 낳고 엄마가 되어 살아보고 싶었다. 고난을 겪은 뒤 하나님과 더 가까워지는 거라면 평생 적당한 거리를 유지하며 살고 싶다. 왜, 이렇게까지 비참한 기분을 느껴야 하는지 이해할 수 없었다.

하지만 포기할 수도 없다. 인간관계라면 '에라이, × × ××!' 욕 한번 우렁차게 쏟아내고 끝낼 수 있을 것 같은데, 미련이 많다. 기도라도 해야 얼마나 남았는지 알 수 없는 그 시간을 견딜 수 있기 때문에. 그래서 기도했다. 할 수 있는 한 최선을 다해서. 내게도 선물을, 복을 달라고.

'선물'이 아닌 '기적'입니다

●

남편의 수술이 끝나고, 기도를 멈췄다. 말을 할 수 없어서 이기도 하지만 더 이상 기도할 거리가 없어서다. 목놓아 울지 않아도 되니 좋았다. 사람들이 그토록 강조했던, 마음을 편안하게 먹는다는 것이 이런 것일까? 무념무상, 아무 생각도 나지 않고 아무 감정도 느껴지지 않았다. 아이를 바라는 기도를 시작하며 쓴 일기장을 펼쳤다. 빼곡하게 적어내린 글에는 나의 부족함과 죄에 대한 고백이 반복해서 쓰여 있었다. 어이가 없었다. 도대체 이런 고해성사가 아이를 갖는 것과 무슨 상관이 있다고. 한 장 한 장 정성을 들여 찢었다. 내게 잘못된 신앙을 강요하고 종교적 죄의식을 심어주었던 모든 이들과 함께.

얼마 전, 갓난 아기가 있는 집에 모찌와 함께 갔다. 우리보다 더 오랜 기간 난임으로 마음앓이를 했던 부부는 올해 초 아이를 낳았다.

"정말, 정말 축하 드려요. 어디 보자, 우리 상진이. 세상에 선생님을 쏙 빼닮았네요!"

"어 진짜네? 강 선생님이 강 선생님을 낳은 거예요?"

"모찌야~ 아기 상진이야. 상진이 알지? 엄마가 얘기해줬잖아."

"샹지니이? 아가아?"

동일한 기독교의 테두리 안에서 난임과 불임을 겪은 우리는 쉽게 말하지 못한다. 우리의 아이들이 '축복'이나 '선물'이라고. 입양과 시험관 시술로 얻은 이 아이들은 그저 우리 인생에 일어난 '기적'일 뿐이다. 그리고 그것이 우리의 기도의 산물이나 적절한 선행, 우월한 신앙의 결과가 아님을 잘 안다.

돌이켜보면 내가 믿는 신이 나의 기도를 꼭 들어줘야 할 이유는 없다. 모찌가 울고불고 달라고 애원해도 안 되는 게 있는 것처럼. 아니, 다른 계획이 있다면 더 들어줄 이유가 없을지도 모르겠다. 또 신이 그리 했는지 알 수는 없으나 나의 바람과는 반대로 악몽 같은 일들이 이어지기도 한다. 이렇게 야박하게 느껴지는데도 여전히 내가 신을 믿는 이유는, 내가 경험한 기적 때문이다. 누구는 주고 누구는 받는 선물이 아니라 내 삶에 줄기차게 이어지는 크고 작은 기적들 때문에. 아이가 생기든 아니든 그 기적들이 내가 생각하거나 계획한 장면보다 훨씬 낫다는 생각이 들어서다.

모찌와 한 가족이 되고 한 달 뒤, 남편은 10년 넘게 다니던 직장을 그만두었고 두 달 뒤 친정 엄마는 입원을 했다. 또 한 달 뒤 남편의 목과 허리 디스크가 터졌다. 울고 싶은 일들이 쉴 새 없이 터졌다. 아이가 생겼다고 불행 끝, 행복 시작이 아니었다. 그래도 감사한 것은 그 와중에 웃을 일이 참 많다는 것, 상상도 못했던 삶을 살고 있다는 것이다. 고통 중에도 기쁨을 찾을 수 있다는 사실이 기적이다. 다만 지금은, 내 삶의 경험을 토대로 다른 사람에게 함부로 조언하지 않으려 애쓰고 있다. 진짜 기도할 게 아니라면 기도하겠다고 말하지 않는다. 입양에서 얻은 기쁨이 크지만 아이를 갖지 못해 가슴 아픈 사람들에게 함부로 입양을 권하지 않는다. 각자의 바람을 응원한다. 그리고 그 소망이 이루어지지 않더라도 모두에게 찾아올 또 다른 기적을 기대한다.

세상에서 가장

●

"너는~."

"너는~ 담장 너머로 뻗은 나무, 가지에 푸른 열매처럼~ ♩
♫"

모찌와 잠을 청하던 첫 밤, '야곱의 축복'이란 노래를 불러
주었다. 듣는 둥 마는 둥 알 수 없는 표정의 모찌, 어느덧 2년
을 반복하니 제법 따라 부른다. 자장가로 입력이 확실히 되었
는지 어느 때는 누우면 선창을 한다. 꿈 같은 일이다. 그리고
우리는 이 노래를 가족 예배에서도 함께 부른다.

"자, 우리 예배 드릴까?"

"네에~ 엄마랑, 아빠랑, 모찌랑."

발 빠른 녀석이 날래게 서재에서 성경책을 가지고 뛰어온
다. 식탁 위에 성경책을 놓는 순서도 정확하다. 모찌는 내가
가지고 있던 보라색 가죽옷을 입은 성경책을 물려받았다.

"오늘 예배 전에 감사한 것들을 세 가지씩 나눠 볼까요? 먼

저 엄마부터."

"음… 우리 가족 이렇게 함께 모여서 예배 드릴 수 있어서 감사합니다. 모찌가 새로운 어린이집에서 즐겁게 생활할 수 있어서 더 감사하구요. 아늑한 집으로 이사할 수 있어서 더더더 감사해요! 그 다음은 모찌!"

"음… 모찌는 비누방울, 어디든 가자. 우리도 가자."

'음…'하고 되뇔 때 고민하는 듯 오른편으로 치켜뜬 눈과 볼록한 볼이 앙증맞다. 귀여운 내 딸.

"네, 우리 모찌, 비누방울 놀이가 재미있었군요. 또 어디든 갈 수 있고 함께 할 수 있어서 감사하다는 이야기네요. 그럼 오늘의 말씀은."

함께 성경을 펴고 찬양을 한다. 화려한 단상과 커다란 십자가도 없지만 마음은 천국. 직장을 나온 뒤 남편은 전에 없던 고통의 시간을 보냈다. 늘 우울하고 상처받은 사람들을 위로하고 다독이던 사람인데 몇 권의 책으로도 담아내기 어려운 슬픔의 시간을 겪어내고 있다. 그가 약속했던 3개월의 휴식 기간은 2년이 되어 가고, 통장 잔고도 아슬아슬하다.

그러나 찡끗 하며 미소 짓는 모찌를 보고 웃지 않을 수 없다. 감사하지 않을 수 없다. 모찌와 함께 하고 있는 오늘이 증거다. 지금은 지금이어서, 내일은 내일이어서 살아볼 만하다. 인내 끝에 찾아온 삶이 어떤 모습일지 알 수 없지만 함께 기대어 맞이하니 그럭저럭 해볼 만하다.

"솔직히 이야기해봐."
"뭘?"
"예전에 교회에서 일할 때랑 지금이랑 설교나 교회관이 많이 바뀌었어?"
"어, 정말 많이. 180도보다 더 큰 각이 있다면 그 정도로."

이거면 됐다. 굳이 힘든 시간 동안 꼭 달라져야 하는 것은 아니지만 얻은 게 있다면 더 땡큐지. 안식년 준 보람이 있다.

"이제 마지막으로 야곱의 축복 함께 부를까요?"
"너는~."
"너는~ 담장 너머로 뻗은 나무, 가지에 푸른 열매처럼 하나님의 귀한 축복이 삶에 가득히 넘쳐날 거야. 너는 어떤 시련이 와도 능히 이겨낼 강한 팔이 있어. 전능하신 하나님께서 너와 언제나 함께 하시니~ 너는 하나님의 사랑, 아름다운 하나님의 사랑. 나는 널 위해 기도하며 네 길을 축복할 거야~."

셋이서 마주 잡은 손이 따뜻하다. 팔과 몸을 좌우로 흔들며 신나게 노래한다. 모찌가 나를 쳐다본다. 모찌의 눈빛을 받아 남편에게 돌린다. 남편은 다시 한번 모찌를 바라본다. 교회가 뭐 별건가? 신앙이 뭐 그리 대단한 일인가? 이렇게 기적처럼 선물받은 공간에서 기적으로 한 가족이 된 사람들과 기쁘게 예배하면 그게 교회지.

아이가 생겼다고 불행 끝. 행복 시작이 아니었다.

그래도 감사한 것은

그 와중에 웃을 일이 참 많다는 것.

상상도 못했던 삶을 살고 있다는 것이다.

고통 중에도 기쁨을 찾을 수 있다는 사실이

기적이다.

편견에게 전하는 인사

모찌 엄마의 소원은 마트에 가는 것

●

"모찌가 집에 오면 제일 먼저 뭘 해보고 싶어?"

"나? 글쎄, 뭘 하든지 다 좋을 것 같은데. 당신은 특별히 해보고 싶은 게 있어?"

"응, 나는 모찌랑 마트에 갈 거야. 아주 예쁜 유모차에 모찌를 태우고, 어깨 쫙 펴고 당당하게 몇 시간이고 마트를 빙빙돌 거야."

상상만으로도 벅차다. 아이가 없던 시절, 대형마트에 가는 것이 몹시 견디기 어려웠다. 저출산이 사회적으로 문제라고 하던데 주말이면 마트는 아이들로 붐볐다. 아이가 없다는 사실이 부끄럽지는 않았지만 단란한 가족의 모습과 마주하면 나도 모르게 위축이 되었다. 더 진심을 드러내어 말하면, 불임 판정을 받고 한동안은 마트나 쇼핑몰에서 스치는 유모차들이 지옥이었다. 부러움 때문이기도 하고 가질 수 없는 것에 대한 억울함에서 비롯된 눈물이기도 했다. 남편과 같이 가는 날에는 의식적으로 아이들을 쳐다보지 않았다. 혹시라도 속상해하는 모습을 보이면 그에게 너무 큰 죄책감을 안겨줄 것같아서다. 하지만 마트에서 일하는 분들이 '새댁'이 아닌 '애기 엄마'라는 호칭으로 부르기 시작하면서 더 마음이 불편하고 우울해졌다. 장은 되도록 목요일 밤에 혼자 보았다. 최대한 아이들과 덜 마주치기 위해서.

고민 없이 우리의 첫 외출 장소로 대형마트를 떠올렸다. 모찌를 만나기 전의 속상함이 얼룩진 그 마트로 가자.

모찌가 집에 온 지 2주 정도 되었을까. 마음이 급한 나는 퇴근길에 모찌와 친정 엄마를 차에 태웠다.

"엄마~ 모찌 내복 입혀서 나왔지?"

"당연하지. 근데 알라를 이래 늦은 시간에 데리고 나와도 되겠나?"

"에이 오늘 하루만. 나 진짜 모찌랑 마트에 가보고 싶어서 그래. 그때 보육원 선생님도 그러시던걸. 보육원 아이들은 일상생활을 경험해볼 기회가 적다고. 모찌도 태어나서 한 번도 마트에 가본 적이 없잖아. 벌써 돌인데."

차에서 유모차를 꺼내어 모찌를 앉혔다. 혹시라도 추울까 봐 모찌의 머리에 두툼한 헤어밴드를 씌우고 점퍼 지퍼를 단단히 올렸다.

"모찌야, 여기가 어디게? 여기는 마트야. 먹을 것을 사려고 왔어. 우리 모찌 마트에는 처음 와보지? 엄마랑 할머니랑 옆에 있으니까 걱정하지 말고. 맛있는 거 많이 사서 가자!"

드디어 마트 출입구로 진입. 가슴이 떨렸다. 조심스럽게 유모차를 앞으로 밀었다. 아무도 주목하지 않는다. 다행이다. 자연스럽다. 무빙워크를 타고 식품관으로 이동했다. 한 바퀴를 천천히 돌았다. 지금 꼭 필요하지는 않지만 시금치며, 두부 등을 담았다. 요거트를 판매하는 분이 '아기들도 좋아해요. 한번 드셔보세요'라고 한다. 내가 진짜, 엄마처럼 보이는 걸까? 뭉클한 마음을 아는지 모르는지 모찌는 눈을 크게 뜨고 여기저기를 휘둘러보느라 정신이 없다. 기둥에 있는 거울에 모찌와 내 모습을 비춰보았다. 유모차 앞에 낯선 내가 서 있다. 모찌가 벙긋 웃는다. 나도 싱긋 웃어 화답한다. 이게 뭐라고. 명치에 묵직하게 자리잡았던 돌덩이가 빠져나가는 것 같다.

그날 밤, 어린 아이를 데리고 늦은 시간에 나갔다 왔다고 남편에게 한소리 들었다. 첫 마실에 피곤했는지 모찌도 집에 돌아오자마자 곯아떨어졌다. 하지만 우리는 안다. 그날의 느닷없는 외출이 오래도록 엉켜 있던 마음을 푸는 첫 지점이었음을. 단절되어 있던 세상에 함께 손잡고 한 걸음을 내딛는 첫 순간이었음을 말이다.

인사 요정 모찌가 세상을 대하는 법

●

처음이 어렵지 그 다음은 쉽다. 남편까지 합세하여 우리는 주말이면 신이 나서 외출을 했다. 대형마트, 쇼핑몰, 공원 등 사람들 많은 곳에 갔다. 유모차를 미는 것도 즐겁고, 벤치에 잠시 앉아 간식을 먹는 것도 좋았다. 미지의 세계였던 유아 휴게실에도 서슴없이 들어갔다. 젖병을 양손에 꼭 쥐고 야무지게 우유를 먹는 모찌가 얼마나 사랑스러운지. 기저귀를 갈아줄 때도 '아이고 예뻐라' 소리가 절로 나왔다. 애써 모른 척했던 삶에 눈을 떴다. 더 이상 의도적으로 유모차 부대를 피해 다른 길을 택할 필요가 없다. 모찌가 아니었다면 이런 기쁨이 있다는 것을 상상할 수 있었을까.

첫 외출 이후 모찌는 크게 달라졌다. 긴장한 표정으로 두리번거리기만 하던 녀석이 마트를 다시 찾았을 때는 눈빛이 반짝였다. 그리고 모찌의 귀여운 소원 풀이가 시작되었다.

"아찌 빠빠이~."

유모차에 탄 모찌가 인사를 한다. 평일 오전이어서인지 사람이 드물었다. 일하시는 분들이 매대를 정리하고 있었다. 모찌는 마치 국위 선양을 하고 돌아온 국가대표 선수처럼 그분들께 인사를 건넸다. 작은 유모차는 어느새 퍼레이드 카가 되었다. 차가 앞으로 나갈 때마다 양손을 격하게 흔들며 '빠빠이'를 외쳤다. 그 모습에 기가 막혀 웃음이 나온다. 모찌의 우렁찬 안부인사에 놀란 분들도 이내 웃음을 터뜨렸다. 그리고 감사하게도 많은 분들이 '빠빠이'라고 답해주었다. 보육원 작은 방을 떠나 낯선 세상에 갑자기 서는 것이 두렵지 않을까 걱정했는데, 기우였나보다. 모찌는 이미 세상에 인사를 건넬 준비가 되어 있었다. 첫날은 잠시 탐색의 시간을 가진 것일 뿐. 엄마 아빠를 기다리는 동안 모찌도 나처럼 작은 소원을 품고 있었나보다.

하루는 백화점에 있는 화장실에서 모찌의 기저귀를 갈 때였다.

"할마니, 빠빠이~."

모찌가 화장실 청소를 하고 계신 어르신께 인사를 한다. 언제나 그렇듯 정감 있는 목소리로.

"세상에, 고맙다. 아가야. 나한테 인사해주는 사람은 네가 처음이구나. 애기 엄마, 애기 정말 잘 키웠네. 어쩜 어린 애기가 이렇게 인사성이 좋아."

"네? 아… 고맙습니다. 모찌야 이제 인사하고 가자."
"빠빠~ 빠빠이~."

갑작스러운 칭찬에 얼떨떨했다. 사실 내가 가르친 것이 아니라 모찌가 스스로 한 것이라 뭐라 할 말이 없었다. 무엇보다 지금까지 살면서 잘 알지 못하는 사람에게, 아니 청소를 하는 분께 인사를 건넨 적이 없었기에 부끄러웠다.

사람들의 긍정적인 반응이 재미있는지 모찌의 인사 열정에 불이 붙었다. 낮은 2층에 자리한 우리집 환경도 모찌를 도왔다. 출근하는 옆집 자동차, 학교 가는 예쁜 언니, 커다란 택배 상자를 들고 온 아저씨, 나뭇가지에 앉아 졸고 있는 까치, 서로 먹이를 갖겠다고 으르렁대는 고양이들까지. 모찌에게는 모두가 인사하고픈 대상이었다. 잘 잤냐고 오늘도 안녕하라고.

"야~ 꼬마야, 오늘은 할머니가 아니라 엄마랑 어디 가냐?"
집 앞 공사 현장에서 일하는 분이 모찌에게 인사를 한다. 나는 처음 뵙는 분이다. 친정 엄마에게 물으니 그 앞을 지날 때마다 모찌가 하도 인사를 잘해서 아저씨가 기억한다고.

"어? 모찌 어디 갔어요?"

아랫집 꼬마 아가씨가 모찌를 찾는다. 그 집 할머니께 여쭈니 모찌가 하도 '온니 안녕~ 어? 온니 없네?'해서 잘 알고 있다고.

아무래도 나 없을 때 모찌가 동네를 섭렵한 듯싶다.

두려움도 편견도 없이

●

지난주 협력기관의 반복되는 요청에 골머리가 아팠다. 반나절이면 끝낼 수 있는 일인데 요청 사항을 번복해서 일주일을 끌었다. 관련된 기관들도 많아서 수정 사항이 생길 때마다 조정하고 설득해야 하는 사람들이 늘어났다. 금요일 즈음 되자 짜증이 몰려왔다. 누군가의 가벼운 결정 때문에 왜 내가 사과를 하고 화를 받아줘야 하는지.

불편한 주말을 보내고 월요일 아침이 되었다. 오늘은 정말 마무리를 해야지, 결심을 하고 나섰다. 현관에서 신발을 신고 있는 내게 모찌가 달려왔다.

"엄마, 뽀뽀."
"아~ 우리 딸, 뽀뽀."
통통한 아이의 입술에 뽀뽀를 쪽— 했다.

"엄마, 빠빠~ 빠빠이~."
"고마워 모찌야, 엄마 회사 잘 다녀올게! 모찌도 어린이집 잘 다녀와."

반달눈의 모찌가 양손을 위아래로 흔들며 인사한다. 어떻게 웃지 않을 수 있을까. 나도 질 수 없다. 다리를 게다리처럼 왔다갔다하며 우스꽝스러운 얼굴로 '빠빠이'를 외친다. 자지러지게 웃는다. 격한 인사를 끝으로 현관문을 닫고 계단으로 내려왔다. 이미 마음은 충전 백 프로다. 주차장 앞에서 우리 집을 올려다보았다. 베란다 창에 찰싹 붙어 선 모찌가 격하게 손을 흔들고 있다. 새벽부터 괜히 눈물이 난다. 모찌가 볼 수 있도록 팔을 쭈욱 뻗어 흔들었다. '엄마~!'하고 소리치는 게 보인다.

모찌의 인사를 볼 때마다 내가 움켜쥐고 있는 삶의 실타래가 얼마나 보잘 것 없는 것인지 생각하게 된다. 크고 작은 어려움이 있을 때마다 숨고 싶고, 숨어 왔다. 사람들의 태도와 말을 내가 가진 열등감의 프레임으로 바라보았다. 그래서 실제보다 더 상처받고 움츠러들었다. 억울함이 쌓였다.

이제 막 세상을 알게 된 모찌에게는 편견이 없다. 아무리 어린 아기라도 태어나서 혼자되었던 시간을 몸의 어딘가에서 기억하고 있을 텐데. 모찌는 숨지 않고, 무서워하지 않고 당당하게 세상에 인사를 한다. 예상치 못한 인사에 많은 사람들이 감사한다. 그리고 그 모습을 보며 모찌는 자신을 매우

자랑스러워한다. 의기양양한 어깨춤이 그 증거다.

모찌 덕분에 쇼핑몰에 원 없이 갔다. 더 이상 유모차를 몰고 다니는 또래 여성들이 부럽지 않다. 엄마의 소망을 이뤄준 고마운 딸. 그 딸 앞에 조금 부끄럽다. '아이가 없어서 슬픈 사람입니다'라는 타이틀로 나를 가두고 세상에 벽을 세웠던 내 모습이 민망하다. 갖지 못한 것에 대한 억울함에 사로잡혀 사람들을 재단했던 마음을 아이에게 들킬까봐 두렵다.

대화가 가능한 나이가 되면 모찌에게 입양에 대해 이야기하려 한다. 이해하기 어렵고, 받아들이기 힘들겠지만 견딜 수 있는 힘을 길러주고 싶다. 그리고 무엇보다 지금의 모찌처럼 당당했으면 좋겠다. '나를 낳아준 엄마에게 버려졌다'가 아니라 '나는 입양되었어. 그래서 뭐?'라고 말할 수 있다면 더할 나위 없겠다. 밝은 인사를 무시하거나 비꼬는 사람도 있을 것이다. 하지만 그 사람의 태도에 상처받지 않고 '어? 저렇게 반응하는 사람도 있네. 오늘 무슨 일이 있었나?' 가볍게 넘길 수 있다면 좋겠다. 나를 무시해서가 아님을 늘 기억했으면 좋겠다.

모찌의 밝고 활기찬 인사에 전염되어 한 주를 시작한다.

전화하기가 망설여졌던 담당자들에게 주저 없이 인사를 건
넸다.

"차장님, 주말 건강히 잘 보내셨어요? 지난주에 변경 사항
이 많아서 너무 힘드셨죠?"

이미 상황은 끝났다.
밝은 인사에 당황한 목소리가 수화기 너머로 들려온다.

둘 중 누군가가 아닌 우리

무례함을 심는 사람

●

군이 만나고 싶지 않은 사람에게서 연락이 왔다. 입양했다는 이야기 들었다고, 아기 선물이라도 전해주고 싶은데 잠깐 얼굴 볼 수 있겠냐고. 크게 싸운 기억은 없지만 두 손 맞잡고 방방 뛰며 우리 가족의 일을 함께 기뻐할 만한 상대는 아니다. 만날 수 없는 이유가 딱히 생각나지 않아 얼결에 약속을 잡았다. 프랜차이즈 카페 구석진 자리, 뭐가 그리 급한지 차를 시키기도 전에 말을 시작한다. 듣기도 전에 피곤하다.

"역시 목사님네라 그런가 다르네요. 예전에 들은 얘긴데, 대학 교수님이었나 아무튼 신학생들한테 그랬다더라구요. 너희들 나중에 목사 되고 나면 꼭 한 명씩 필수로 입양하라고. 그게 다 예수님 사랑을 실천하는 방법이기도 하고, 가장 좋은 선교라구요. 그렇잖아요. 한 명 입양할 때마다 성도가 한 명씩 느는 거잖아요? 목사님네도 가능하면 많이 입양하면 좋겠어요."

직장 상사가 어이없는 이야기를 하면 받아치는 레벨이 10점 만점에 8점 정도는 된다고 생각한다. 확 그냥 회사에서처럼 내뱉을까.

"내 정신 좀 봐, 축하한다는 얘기를 빠트렸네. 어쨌든 엄마
가 된 거 축하해요. 이제 사모님이 아니라 모찌 엄마라고 불
러야 하나? 그나저나 어떻게 그렇게 큰 결심을 했어요. 나라
면 아예 생각도 못했을 거야. 누가 낳았는지도 모르는 애를
어떻게 감당해요. 내 능력으로는 역부족이지."

"축하해주셔서 감사해요. 호칭이야 뭐 어떻게든 편하신 대
로 부르시면 되죠."

"맞다. 사모님, 예전에 고아원에 봉사활동 다닌다고 했었
죠? 거기서 만난 거예요?"

'어쨌든'이라니. '여자가 아이를 낳아야 엄마가 되는 건데,
어쨌든 입양이라도 해서 엄마가 되었으니 축하는 한다'라고
해석하면 내가 너무 꼬인 걸까? '고아원'이라는 말도 그렇다.
의식 있는 사회 구성원이자 선행을 실천하는 기독교인을 자
처하면서 굳이 시대착오적 단어를 선택한 것은 모찌를 비롯
해 많은 아이들을 일부러 폄하하려는 못된 심보로밖에 보이
지 않는다. 머리가 희끗한 할머니가 그랬다면 잘 몰라서 그런
거겠지 넘어가겠지만, 후하게 마음을 쓰려 해도 앞에 앉아 있
는 여인은 과하게 젊다.

"봉사를 다닌 건 맞는데, 모찌는 다른 보육원에서 만났어
요."

"그랬구나. 애들 너무 불쌍하죠. 근데… 이런 거 물어봐도
되나 모르겠네. 사모님이라면 시원하게 이야기해줄 것 같아
서 물어봐요. 혹시 아이가 안 생겨서 입양한 거예요?"

"뭐 안 생기기도 했고, 봉사하다 보니까 마음이 자연스레
생겨서요. 가치관도 많이 바뀌었고."

잘했다. 무심한 듯 도도하게, 그러나 따뜻하게. 감정을 섞
지 않고 팩트를 전달해냈다.

"역시, 안 생겼었구나. 하나님도 참, 목사님을 얼마나 큰 사
람으로 만드시려고. 그런데 둘 중에 누구예요?"

뿔을 날카롭게 다듬은 코뿔소가 되어 전속력으로 달려 들
이받고 싶다. 아직 한여름이 시작된 것 같지 않은데 왜 이렇
게 덥지. 테이블에 놓인 물 컵을 입술에 갖다 댔다. 그게 그렇
게 궁금해서 만나자고 한 건가. 축하를 빌미로 아이 옷 하나
손에 덜렁 쥐어주면 떠오르는 말을 쉴 틈 없이 뿜을 수 있는
자유이용권을 얻었다고 생각하는 것인가. 뻔뻔한 자신감이
불쾌하다.

"목사님이요."

원하는 답을 던져주었다. '나'라고 말하면 사모가 애를 못 가져서 목사님이 너무 안됐다고 떠들고 다닐 테고, '둘 다 아니오'라고 말하면 기도가 부족하다며 이 사람 저 사람에게 기도를 선동할 사람이다. 어떤 답을 제시하든 상대가 원하는 것은 우리를 주제 삼아 떠들고 싶은 것. 이럴 때 나는 정면 공격을 선택한다. 거짓말할 이유가 없으므로.

솔직한 대답에 주춤하는 게 보인다. 따발총을 잠시 멈추고 찻잔을 든 것을 보면. '나'일 거라고 예상했을 것이다. 아니면 남편을 감싸주기 위해 '나'라고 거짓말하는 보통의 목사 아내를 기대했을지도 모르겠다.

"그리고 저두요."
말을 이어갔다.

"예전에 저희 결혼식에 오셨죠? 그럼 기억하실지도 모르겠는데. 어찌나 긴장을 했던지 주례사가 거의 기억나지 않아요. 그런데 딱 한 가지 마음에 남는 말이 있었어요. '이제 두 사람은 한몸이 되었습니다.' 그때는 정신적인 결합을 생각했죠. 그런데 십 년 가까이 살다보니 몸도 이어져 있다는 생각이 들어요."

"뭐 성경 말씀이니까 당연히 알죠."

"역시 잘 아시네요. 그럼 혹시 '퍼시픽 림'이라는 영화 보셨어요? 아무튼 그 영화를 보면 '예거'라고 엄청 큰 로봇이 나오는데요. 그 로봇을 조종하는 사람이 두 명이에요. 로봇의 머리 쪽에 같이 들어가서 뇌파를 통해 로봇을 움직이죠. 한 사람만으로는 안 되고, 두 사람의 합이 잘 맞아야 악당들을 물리쳐요. 근데 희한하게 한 몸뚱이에 들어가서 그런가 아파도 같이 아프고, 쓰러져도 동시에 쓰러지더라구요? 전 꼭 그 예거가 우리 가정 같고 조종사가 남편이랑 저 같아요."

핸드폰 액정을 위아래로 문지르는 손가락이 미세하게 떨리는 것이 보인다.

"그런데 갑자기 왜 영화 이야기를… 하세요?"

"그러게 말이에요. 제가 이렇다니까요. 비유를 한다는 게… 크크크… 아무튼 난임 진단을 받는 순간 원인이 누구냐는 크게 중요하지 않은 것 같아요. 제 몸이 저 몸이고 저 몸이 제 몸이니까요. 어머, 시간이 이렇게 됐네. 이제 슬슬 일어날까요?"

알아들었든 못 알아들었든 상관없다. 상대방은 원하는 답을 들었고, 나는 하고 싶은 말을 했다. 엉터리로 해석해서 말도 안되는 소문을 생산해낸다 해도 어쩔 수 없다. 타인의 취미생활까지 막을 권한이 없다. 집에 돌아와서 그때 왜 그렇게 답하지 못했을까, 도대체 그 인간을 왜 만났을까 이참에 카톡 친구 리스트에서 지워버릴까 고민하지 않을 수 있으면 됐다. 불같이 화내지 않고, 상대방 혹은 상대방의 말을 비난하거나 공격하지 않고 내 생각을 전달했으니, 미션 컴플리트. 우아한 오후였다.

내가 움켜쥐고 있는 삶의 실타래가 얼마나
보잘 것 없는 것인지 생각하게 된다.
크고 작은 어려움이 있을 때마다
숨고 싶고, 숨어 왔다. 사람들의 태도와 말을
내가 가진 열등감의 프레임으로
바라보았다. 그래서 실제보다 더 상처받고
움츠러들었다. 억울함이 쌓였다.

보통의
이기심

나를 위해서만

●

"이 대리님, 되게 이기적이지 않아?"

"왜? 무슨 일 있었어?"

"자기 몸 망가진다고 아이를 안 가진다잖아. 남편은 애 갖
고 싶다고 매번 조르는 모양인데 그냥 무시하나봐. 내가 그
남편이라면 진짜 힘들 것 같아."

오후 3시 졸음이 몰려오는 시간, 차라도 한잔 마실까 싶어
휴게실로 갔다. 평소 친근하게 지내던 동료 A가 커피를 따르
고 있다. 반가운 눈인사를 주고받고 자리에 앉았다. 짧게 오
고가는 대화로 일에서 잠시 벗어난다. 오늘의 주제는 이기적
인 여자들.

"뭐 애 갖는 문제야, 자기가 선택할 일이니까. 이유가 어찌
됐건 남편하고는 좀 합의를 보긴 해야겠다."

"내 말이, 하여튼 회사에서도 딱 자기 일만 하더니 집에서
도 그런가 봐. 만약에 우리 아들이 저런 여자랑 결혼한다고
하면 나 진짜 뒷목 잡고 쓰러질 것 같아."

A의 마음을 불편하게 한 것은 아이보다 자신이 더 중요하다는 이 대리의 발언보다 평상시 그녀에게 느낀 업무상 선긋기의 불쾌함일 것이다. 아니면 여전히 아가씨 같고 자유로운 생활을 누리는 동년배에 대한 적개심과 부러움일지도 모르겠다.

"요즘에 일부러 애 안 갖는 사람들 많잖아. 둘이 벌어도 경제적으로도 쉽지 않고, 우리 부모님 세대처럼 자식한테 모든 걸 쏟아붓는 세대가 아니니까. 자기 하고 싶은 일 하면서 사는 것도 좋지 뭐."

"그렇긴 하지. 그래도 마음에 안 들어. 이런 세상에 자기처럼 좋은 일 하는 사람도 있는데."

나왔다. 좋은 일 하는 사람. 열에 아홉은 나에게 '좋은 일 하시네요'라고 말한다. 대부분 존경의 의미를 담고 있지만 간혹 누군가를 더 나쁘게 몰아가기 위한 비교의 말이 되기도 한다. 어떤 의도에서든 듣는 나는 불편하고 어색하다. 이것은 마치 '굿모닝'하면 자동으로 따라오는 '아임파인땡큐, 앤듀?'처럼 '입양했어요' 하면 '좋은 일 하시네요'라는 공식이 성립되어 있는 것 같다. 문제는 그 다음 건네야 하는 말을 모르겠다는 것. 처음에는 저 그런 사람 아니에요 손사래를 쳤다. 그러나 부자연스런 손짓에 긍정하고 싶은 마음이 은근히 깔려 있는 것 같아 마음에 들지 않는다. 지금은 칭찬으로 들리지 않는 말 앞에 그냥 서먹한 웃음을 짓는다.

과거의 나 역시 입양한 사람들이 대단해 보였다. 가까이에서 입양 가족을 만날 기회가 없었기 때문에 TV에 나오는 사람들이 입양 부모를 대변했다. 그들은 내게 없거나 혹은 도달할 수 없는 사랑의 에너지를 보유한 딴 나라 사람들 같았다. 가정은 밝고 따뜻하고 하나같이 부유해 보였다. 어찌 보면 당연하다. 적지 않은 사람들이 아이를 입양하지만 방송에 드러나는 가정은 몇 되지 않는다. 내가 PD여도 특별할 것 없는 밍숭한 가족보다 감동적인 스토리가 있거나 유명인이 입양한 경우를 취재하고 싶을 것 같다. 이런 미디어의 영향을 아무런 비판 없이 등에 얹고 살았기에 입양은 남의 일이었고 범접할 수 없는 세계였다.

사실, 우리 부부가 난임이라는 사실을 알았을 때에도 가능한 입양을 피하고 싶었다. 누군가에게 입양이라는 단어만 나와도 그럴 만한 그릇이 못된다며 딱 잘라 이야기했다. 그런데 엄마가 될 수 있는 유일한 방법이 입양뿐이라니. 한 번도 고려해보지 않은 세계로 발걸음을 내딛기 위해 수많은 괴로운 밤을 보냈다. 그리고 내가 가장 행복해질 수 있는 선택을 했다. 누군가를 위해서도 아니었고, 좋은 일을 하겠다는 결심도 없었다. 무엇보다 엄마가 되고 싶었다.

나는 이기적인 사람이다. 아기를 입양하기로 결정한 그때가 내 인생에서 가장 이기적인 순간이었다. 이상하게 들릴지 모르겠지만 아이를 갖기 위해 삶의 모든 총량을 쏟아붓던 때 오히려 이타적이었다. 왜 아이를 낳고 싶은지 이성적으로 생각할 겨를이 없었다. 다른 사람에게는 쉽게 잡히는 행복이 내게 오지 않는 것에 화가 났고 그 화가 나를 삼킬 때까지 내버려두었다. 내 소망을 불편해 하는 사람들의 마음에 들기 위한 노력을 멈추지 못했다. 고통스러웠지만 그래야 할 것 같았다. 그때의 내가 다른 사람이 아닌 나만 보았다면 일상의 대부분을 반성 일기를 쓰거나 기도하는 데 쓰지 않았을 것이다. 그런데 사람들은 그런 나를 이기적이라고 했다. 아이 갖는 것에 미친 이기적인 여자라고.

만약 내게도 '아이 낳는 문제'를 선택할 수 있는 자유가 주어졌다면 어떤 선택을 했을까?

– 바로 아이를 갖는다.

- 조금 더 부부만의 시간을 갖고 아이를 갖는다.
- 이대로 좋다. 딩크로 살자.

일 때문에 임신을 미루자고 내 입으로 말했을지도 모르겠다. 답을 고르는 이유는 사람마다 다양하겠지만 언제든 다시 답안을 바꿀 수 있다. 하지만 나에게는 다른 보기가 주어졌다.

- 둘이 잘산다.
- 비배우자 정자 공여를 통해 아이를 갖는다.
- 아이를 입양한다.
- (고려하고 싶지 않지만) 이혼한다.

이 중에서 나 자신이 가장 행복해질 수 있는 선택을 했다. 남편과 잘 지냈지만 둘만의 삶에 자신이 없었다. 난임을 겪는 기간 동안 느꼈던 공허함을 평생 안고 가야 한다는 사실도 두려웠다. 그만 울고 싶었다. 두 번째 보기는 내가 아이를 낳고 싶은 것인지 아니면 엄마가 되고 싶은 것인지를 생각하게 했다. 한때 다짜고짜 아이를 갖고 싶어 하는 나 자신이 동물 같다고 느껴질 때가 있었다. 종족 보존의 본능, 나와 닮은 인간을 낳아 삶을 이어나가고 싶은 강렬한 욕망. 인정하고 싶지 않지만 왠지 설득력이 있었다. 그러나 봉사활동으로 베이비박스 아기들을 만나면서 내 안에 종족 보존보다는 모성애가 더 강하게 자리잡고 있다는 사실을 알게 되었다. 즉, 낳는 것이 아니라 함께 사는 것을 원했다. 이혼은 바로 지워버렸다. 아직 생기지 않은 아이보다 남편을 더 사랑했으므로.

각자에게 주어지는 선택지가 다를 뿐 선택은 자신의 행복을 위한 것이다. 직장에서 만난 그녀에게는 자신을 가꾸고 발전시켜 나가는 시간이 무엇보다 소중할 수 있다. 내게 아이 있는 삶이 간절한 것처럼. 때문에 누군가의 선택을 도덕적인 잣대로 평가할 수는 없다. 선택지는 자신만이 알 수 있으므로.

얄궂다. 자신의 행복을 위해 아이를 갖지 않는 사람은 이기적이고, 자신의 행복을 위해 입양하는 사람은 이타적이라고 보는 현실. '나 이기적인 사람이에요'라는 변명을 늘어놓을 수 없어 오늘도 그냥 웃고 만다.

숨은 행복 찾기

학대받은 자의 몸부림

●

이기적인 동기로 입양을 했지만 모찌를 만난 뒤 세상이 바뀌었다. 늘 받는 것이 당연하다고 생각했던 엄마의 일을 하게 된 것. 아이가 생기더라도 내 삶의 경계를 지켜나가겠다고 배짱 두둑하게 이야기했는데 경계를 무너뜨릴 때가 많아졌다는 것. 모찌가 귀하고 예뻐서 좋은 엄마가 되고 싶은 욕심이 생겼다.

"오.모.찌!!!"
무게를 실어 아이의 이름을 불렀다. 방금 전까지 돌고래 소리를 지르며 뛰어다니던 모찌가 무슨 영문인지 모르겠다는 표정으로 나를 쳐다본다. 장화 신은 고양이의 눈망울을 연상케 하는 해맑은 얼굴에 마음이 흔들린다. 긴 속눈썹을 긴 호흡으로 감았다 뜬다. 더 단호하게 혼을 내야 하나 아니면 가만히 무릎에 앉혀 소리 지르지 않기로 새끼손가락을 마주 걸어야 할까.

쾌활하고 명랑한 모찌는 또래보다 키가 머리 하나만큼 크다. 이제 곧 1미터를 돌파할 것 같다. 집에 온 첫날, 한쪽 벽에 기대어 잰 키가 72센티미터였으니 물 나무처럼 쑤욱 자랐다. 얼굴은 영락없는 세 살 아기인데 몸은 네다섯 살로 보인다. 자란 만큼 액션도 대범해지고 생각도 한층 깊어졌다.

그런 모찌가 요즘 소리를 지르고 물건을 집어던진다. 반찬을 잘 안 먹는 것을 제외하고는 특별히 나쁜 습관 없이 커왔기에 당황스럽다. 아이가 커가면서 겪는 소소한 고민이겠으나 해결 방법을 모르니 답답하다.

"도대체 어떻게 해야 하지? 당신 무슨 좋은 아이디어 없어?"
"그러게. 소리가 점점 커지네. 저 녀석 어른들이 반응을 보이니까 더 재미있어서 그러는 것 같은데, 소리 지르면 그냥 무시해볼까? 재미없으면 안 하겠지?"

소파 위에서 고래고래 소리를 지르는 모찌, 무시해도 소용이 없다. 버릇이 되기 전에 고쳐주어야 한다는 생각에 마음이 급하다. 몇 분째 이어지는 고성에 정신이 나갈 것 같다.

"아야!"
엄마의 짧은 외마디 소리가 들렸다. 모찌가 할머니의 얼굴을 향해 손에 들고 있던 색연필을 던진 것이다. 화가 났다. 몇 달째 소리 지르지 말라고 타이르고, 안 하기로 약속을 받아내고, 물건을 사람에게 던질 때마다 미안하다고 사과를 하도록 가르쳤는데. 속에서 불이 끓어오른다.

불현듯 아빠 생각이 났다. 일요일 아침이었다. 엄마 아빠보다 일찍 일어난 나는 TV 앞에 앉아 아이들의 노래자랑 프로그램을 보고 있었다. 예쁜 드레스를 입고 무대 한가운데 서서 노래를 부르는 아이가 부러웠다. 상을 받은 아이에게는 왕관이 씌워졌다. 방송이 끝나자마자 화장실로 달려갔다. 거울 앞에 서서 노래를 시작했다. 파란 하늘 파란 하늘 꿈이, 드리운 푸른 언덕에~ 입을 동그랗게 모으고 고개를 박자에 맞춰 까딱이며 어깨를 오른쪽 왼쪽으로 번갈아 움직였다. 그 순간.

"시끄러워! 입 좀 닫아! 그런다고 니가 저런 방송에 나올 것 같아?"

아빠였다. 소스라치게 놀란 나는 노래를 멈췄다. 꿀 먹은 벙어리가 되어 거울 속 내 얼굴에서 손끝으로 시선을 내렸다. 민망하고 수치스러웠다.

어른이 되어 생각해도 너무했다. 유치원생이 노래를 불러봤자 뭘 얼마나 불렀겠는가. 설령 듣기 싫었다 해도 자기 자식 아닌가. 아빠는 마음에 들지 않는 내 모습을 볼 때마다 역정을 내고 손찌검을 했다. 부정하고 싶지만 내가 아는 훈육의 방식은 이게 전부다. 고함을 치며 혼내거나 매를 들고, 아이의 자존심을 깎아내린 뒤 죄책감을 떠안기는 방법. 그것이 옳지 않다는 사실도 성인이 되어서야 알았다. 한 번도 맞지 않고 자란 사람들이 있다는 사실은 충격적이었다.

모찌를 잘 키우고 싶다. 아이의 마음을 들어주고 이해하며, 되도록 상처주지 않고 바르게 키우고 싶다. 오랜 시간 내 몸에 입력된 그릇된 훈육 방식을 모찌에게 가하고 싶지 않다. 화가 나면 자동으로 떠오르는 아빠의 모습에 나를 투영하지 않으려고 애쓴다. 나는 다른 엄마다.

다가가서 소파 아래 자리를 잡고 모찌의 양손을 잡았다.
"모찌야, 엄마 봐봐."
도망치려고 발버둥을 치지만 얼굴은 장난스럽게 웃고 있다. 다시금 아이의 손을 단단히 잡고 이야기를 했다.
"모찌야, 그렇게 크게 소리를 지르면 안 돼. 엄마랑 아빠랑 할머니랑 모두 귀가 아야 해. 그리고 모찌도 목이 아파."
"안돼에에에~ 소리 지를 꺼야!"

커서 소프라노가 되려나. 고음이 귀를 날카롭게 찌른다.

"모찌야 지금 기분 나쁜 일이 없는 것 같은데 왜 소리를 질러? 기분이 나빠? 아니면 기분이 좋아?"

"기분이 너무 좋아아아!!"

"아아 그랬구나, 우리 모찌가 기분이 너무 좋구나! 모찌야 기분이 좋을 때는 그렇게 돌고래 소리를 내는 게 아니라 '우—와—'하고 예쁘게 표현하는 거야. 어디 한번 해볼까? 우와—."

내 입모양을 정확하게 이해한 모찌가 깜찍한 소리를 낸다.

"우—와아—."

아이가 소리를 지르는 이유를 화가 나서라고만 생각했다. 감정 표현에 서툴러서 다양한 기분을 소리 지르는 것 하나로 표현한 것인데 미처 파악하지 못했다. 말이 빠른 녀석이라 물어보았으면 바로 알 수 있었는데. 심통쟁이 취급을 할 뻔했다.

이겨야 하는 줄다리기

●

아무도 입양 후의 육아에 대해서는 말해주지 않았다. 심리 평가를 담당한 상담사가 아이 키우는 것이 쉽지 않은데 왜 아이를 가지려고 하느냐고 반문한 적은 있지만. 예비 입양 부모 교육에서도 아동의 발달 단계에 대한 간략한 설명을 들은 것이 전부다. 모두들 부모가 될 자격이 있는지 철저하게 검증하려 하면서 정작 본 게임에는 관심이 없는 듯하다.

모찌와 한 집에서 살기 시작한 2018년 3월부터 1년간 총 4번의 사후 점검을 받았다. 사후 관리라 불리는 이 단계는 입양기관 담당자가 집으로 두 차례, 우리가 입양기관으로 두 차례 찾아가는 방식으로 진행되었다. 이름이 거창하지만 아이가 잘 지내고 있는지 양육하는 데 큰 어려움은 없는지 점검하는 시간이다. 마지막 점검의 날, 입양기관으로 향하는 길이 소풍처럼 즐거웠다. 첫 만남 때 잘 걷지도 못했던 아이가 마지막 방문에서 선생님께 배꼽인사를 할 정도로 컸다. 무사히 점검을 마치고 나오는 길.

"이제 다 끝난 건가?"

차에 시동을 걸던 남편이 뒷거울에 비친 나에게 묻는다.

"아마 그럴걸."
"뭐가 되게 헐렁하다."
"그지? 다 끝나고 나니까 허무하기도 하고, 모찌 입양 대장정이 이렇게 마무리되네."
"그런데 좀 이상하지 않아? 이제부터 아이를 더 본격적으로 키워야 하는데 딱 1년만 관리하고 끝이라는 게."

입양이라는 커다란 관문을 지나고 나면 속이 시원할 줄만 알았는데, 뭔가 찜찜하다. 더 이상 다른 사람들에게 우리를 증명하지 않아도 된다는 사실이 기쁘면서도 두렵다. 대학을 졸업하고 처음 정글에 던져진 사회 초년생의 기분이랄까. 매번 내가 어떤 위치에 속했는지, 잘하고 있는지, 이 과목에서는 몇 점 정도 되는지, 늘 점검받는 삶을 살다가 아무런 규제와 시험이 없는 망망대해에 떠 있는 느낌. 시험 없는 세상을 꿈꿨는데 막상 그 세상에 오니 겁이 난다. 입양이라는 행정적 절차는 준비하고 기다리면 그만이지만 아이를 길러낸다는 것은 다른 차원의 이야기다. 짧지만 1년간의 양육 경험이 우리를 떨게 하는 것 같다.

"모찌 입장에서 생각해보면 이건 아닌 것 같아."

새로 산 구두로 발장난을 치는 모찌를 바라보며 이야기를 꺼냈다.

"뭐가?"

차를 움직이려던 그가 시동을 끈다.

"생각해봐. 만약에 당신이 모찌야. 어찌어찌하다가 엄마 아빠를 만났어. 그 사람들이 어떤 사람인지 모찌는 고를 수도 없고 알 수도 없지. 다행히 엄마 아빠 집에 와서 살아보니 썩 괜찮았어. 이 정도면 좋은 사람들인 것 같다, 적응도 잘 해냈지. 그런데, 일 년이 지나니까 엄마가 다른 사람이 되어버린 거야. 소리 지르며 화내고 때리고. 아빠는 그걸 보고도 무시하고 넘어가. 세 살 아이에겐 엄마 아빠가 세상의 전부잖아? 도망칠 수도 없고, 무섭다고 다른 사람한테 이야기할 수도 없어. 입양된 아이 입장에서 이런 방식은 진짜 아닌 것 같아."

"정말 그렇네. 당신 사회복지 공부하더니 생각하는 게 좀 늘었다? 오오. 김 석사."

"에이 딴소리 하지 말고, 그러니까 지금부터 더 잘해야 돼."

실은 남편보다 내가 걱정이 되어 하는 말이다. 짧은 기간 모찌를 키우며 육아의 어려움을 체험했다. 딸아이가 너무 사랑스러워서 감격하다가도 인내심의 한계를 느낄 때는 폭발하는 화를 억누르느라 용을 썼다. 넘치는 사랑을 주고 싶은 마음과 육체적 피곤함으로 인한 짜증, 좋은 추억을 만들어주고 싶은 욕심과 경제적인 한계로 인해 포기해야 하는 것들 사이에서 괴로웠다. 혹시라도 내가 자라온 대로 이 아이를 다루게 될까봐 늘 두려웠다. 두려운 만큼 조심했고, 행동에 앞서 내 생각과 판단을 곱씹었다. 과도한 자기검열일지 모르나 기꺼이 우리에게 와준 모찌에 대한 최소한의 노력이라 생각했다.

모찌가 나무 블록을 또 다시 던진 저녁, 아이 앞에 앉았다. 마룻바닥에 내동댕이쳐진 블록을 주워 내 귀에 갖다 댔다.

"여보세요? 거기 모찌네죠? 모찌 있어요?"
새로운 놀이의 시작을 알아챈 모찌가 신이 나서 다른 블록을 귀에 든다.
"네, 모찌예요. 누구―세요?"
"네, 저는 혜연이에요. 모찌 맘마 맛있게 먹었어요?"
"아아 네 집사님, 맛있게 머거쪄요."
할머니가 지인과 통화하는 내용을 유심히 들었나보다.

267

"그랬군요. 엄마는 모찌가 우리 딸이어서 너무 좋아요."
"네, 집사님. 행복할게. 응 행복할게."

행복할게. 아이의 생소한 표현에 낯선 방 안에 앉아 있는 기분이 든다. 내가 아닌 누군가와 통화하고 있는 것 같은 착각. 아주 오래 전 들었던 이야기가 생각났다. 아기를 엄마 아빠에게 배달해주는 배달부 이야기. 우리 모찌가 그 아저씨를 알고 있나. 배달이 많이 늦어졌지만 잘 도착했다고. 행복하게 잘살겠다고 배달부 아저씨에게 안부를 전하는 것 같다.

그래 모찌야, 우리 행복하게 살자.
때론 엄마가 네 마음을 다 헤아리지 못해서 마음에 들지 않을 때도 있겠지만, 최선을 다할게. 무엇이 정답인지 알 수 없지만 엄마의 과거와 이별하고 마음의 줄다리기에서 꼭 이길게. 우리 행복하자.

우산조차 챙기지 못했던 나는
온몸으로 비를 맞았다. 몰아치는 바람에
이성을 잃고 속절없이 쓰러졌다.
남편의 손을 놓지 않으려 발버둥치고
살아내려고 몸부림쳤다. 살다보니
오지 않을 것 같던 아침이 왔다. 남루한
마음에 온기가 차올랐다. 그리고
내 인생에는 없을 것 같던 햇님을 만났다.
아기 햇님 모찌가 우리에게 찾아왔다.

오늘도 안녕합니다

한방맞은 출근길

●

오전 5시 30분, 핸드폰 알람이 울린다. 월요일이라 재빠르게 일어나야 하는데 몸이 무겁다. 휴가를 써야 하나. 잠시 망설이다 이불을 제치고 일어나 앉았다. 어젯밤 먹은 야식이 가슴 한가운데 얹힌 것 같다. 회사에 가고 싶지 않은 이유가 줄줄이 떠오른다. 혹시라도 모찌나 가족들이 아플 경우를 대비해서 휴가를 아끼고 아낀 한 해였다. 오늘은 정말 나를 위해 쉬고 싶다. 아니다. 사무실에 도착하면 오길 잘했다 오늘도 잘 이겼다 뿌듯해 할 것을 안다. 움직이자.

어둠이 채 가시지 않은 안방 침대에 남편과 모찌가 곤히 자고 있다. 모찌의 단짝 친구 강아지 인형 무아도 모찌 곁에 누워 있다. 주말 내내 비염으로 거칠었던 모찌의 숨소리가 여전히 그렁그렁하다. 이불을 허리에 돌돌 말고 베개 아래로 왼손을 넣어 얼굴을 묻고 자는 두 사람의 모습이 똑같다. 속옷을 챙겨서 욕실로 가는 길, 깨지 않도록 조심조심 발걸음을 내딛는다. 시선은 동그란 누에고치가 된 두 사람에게 머무른다. 오늘도 보고 싶을 사람들, 마음껏 안아주지 못하는 우리 아가, 눈으로라도 담아 가자.

271

그때였다. 바스락거리는 움직임에 잠이 깼는지 모찌가 이불을 걷어차고 일어섰다. 오른쪽 눈을 있는 힘껏 손으로 부빈다. 미안한 마음에 아이 앞으로 달려가 얼굴을 매만져주었다. 보드라운 완두콩 같은 얼굴.

"모찌야, 우리 아가. 잘 잤어요? 좋은 꿈 꿨어?"
"저리 가!!"

순간, 작은 주먹이 내 얼굴을 강타했다. 맞은 볼이 얼얼하다. 당혹스럽다.
"모찌야, 더 자도 돼. 아직 잠이 덜 깼지? 더 자자."

아이의 머리를 감싸 안고 베개에 다시 눕혀주었다. 이내 삐죽거리던 입이 제자리를 찾고 잠이 든다. 모찌의 화난 목소리에 놀란 남편이 덩달아 눈을 떴다. 아이를 남편에게 부탁하고 황급히 욕실로 걸어갔다. 5분만 늦어져도 힘들어진다. 서두르자. 기계처럼 움직여야 제 시간에 도착하는 출근길인데 결국 샤워기를 틀어놓고 생각이 길어지고 말았다.

어린 아기다. 다 큰 것처럼 보여도 아직 세 살밖에 안 된 아기. 잠결에 한 행동에 의미를 담지 말자. 설움이 자꾸 비집고 올라온다. 할머니나 아빠와 더 많은 시간을 보내는 모찌가 나를 이모처럼 대할 때 무너진다. 주말 내내 부족한 엄마의 자리를 채워보려고 아등바등거렸다. 간절히 원했던 엄마로 살아가기 위해 지금의 나를 몰아서 쓰고 있다. 쉬는 시간 없는 엄마와 아내, 직장인으로서의 삶. 바라던 것 이상으로 행복하지만 예상했던 것 이상으로 고단하다. 오늘처럼 아이가 섭섭하게 굴 때는 얼굴이 아닌 마음이 한방 맞는다. 내가 잘하고 있는 것인지 모르겠다.

너는 나에게 감동이었어

●

"도대체 왜 그러는 거야? 내가 뭘 잘못했는데?"

분해서 남편에게 소리쳤다. 십 년 전이나 지금이나 내가 그에게, 그가 나에게 하는 싸움의 말들은 변함이 없다. 무엇 때문에 싸웠는지는 늘 기억나지 않는다. 싸워야 부부라는데 때로는 우리가 부부라는 사실을 잊지 않기 위해 싸우는 것 같다. 다만 달라진 것이 있다면 우리 사이에 모찌가 있다는 사실.

"여보, 이제 그만 좀 해. 내가 다 잘못했으니까 소리 좀 낮춰. 모찌가 듣고 있잖아. 이제 엄마도 되었는데 아이 앞에서 이러면 어떻게 해. 감정 좀 조절하고, 응?"

싸움을 빠르게 마무리하는 법을 터득했나, 사과부터 하는 남편이다. 다 잘못했다는 표현에도 할 말은 많지만 딸아이 이야기에 잠시 물러섰다. 모찌가 어느새 내 오른편 다리에 팔을 감싸고 매달려 있다. 불안한 표정으로 내 얼굴을 올려다보는 어린 눈을 보고 따발총처럼 쏘아붙이고 싶은 말들을 삼켰다.

"알았어. 나 잠깐만 방에서 좀 가라앉히고 올게. 모찌 좀 봐 줘."

꾸역꾸역 밀려오는 감정들을 추스르기 위해 침실에 숨었다. 침대 모퉁이에 앉아 머리를 가슴에 묻었다. 속이 상한다. 늘 같은 일로 다투는 것도 싫고, 짧게 이야기하고 끝내도 될 일을 크게 만들어 화를 내는 나 자신도 못마땅하다. 무엇보다 모찌 앞에서 언성을 높였다는 사실이 부끄럽다. 잘못한 것을 깨달으니 더 눈물이 난다. 문을 닫고 들어왔지만 거실에 있는 모찌와 남편이 궁금하다.

"엄마 왜 그래?"

상황 파악이 덜 된 모찌가 남편에게 묻는다.

"응, 별거 아니야. 엄마 괜찮아. 금세 나오실 거야."

놀랐을 아이의 마음을 다독이는 그다.

"아니야! 엄마 울고 있잖아! 엄—마아—!"

방으로 달려오는 아이의 발걸음 소리가 들린다. 그만 울자. 더 못나게 굴지 말아야지.

"엄마, 어디 아파? 어디 아야해쩌?"

쭈그려 앉은 내 앞에 모찌가 앉았다. 늘 내가 아이 앞에 그렇게 앉았는데, 오늘은 바뀌었다.

"응, 아니야. 엄마 안 아파. 괜찮아. 그냥 눈이 좀 아파서 눈물이 난 거야."

"눈이 아파쩌?"

"응, 모찌야 엄마가 눈물이 나와서 그런데 휴지 한 장 갖다 줄 수 있어요?"

"네에!!"

다다다다, 모찌가 거실로 달려간다. 지구를 구하기 위한 특명을 받은 히어로처럼. 휴지를 한 장 톡 뽑아 다시 내게로 달려온다. 너무 빠르게 내달려서 넘어질까 걱정된다. 무릎으로 미끄러지듯 내 앞에 돌아온 모찌. 늙어서 아이에게 의지하고 싶은 마음은 전혀 없지만 어쩐지 든든하다. 저런 딸이 있다는 사실만으로 백만 명의 군사를 얻은 것 같다.

"엄마, 여기. 내가 눈물 닦아줄게. 반창고도 붙여줄게."

눈뭉치 같은 휴지를 들고 내 눈을 톡톡 두들긴다. 이런 건 어디서 배웠지? 눈을 감았다 뜨는 순간마다 아이의 따뜻한 눈망울과 털이 보송한 복숭아를 닮은 볼이 보인다. 양볼을 감싸 안고 고맙다는 말을 건넸다. 이런 나를 보여주는 것이 창피하지만 이런 딸의 모습을 볼 수 있어서 고맙다.

서툰 가족, 오늘도 안녕합니다

●

　매년 여름의 끝, 우리는 여행을 간다. 첫 여행이었던 강릉에 이어 올해는 제주도로 목적지를 정했다. 이유는 단순하다. 바닷속 친구들에게 푹 빠져 있는 모찌에게 더 큰 바다를 보여주고, 비행기 날아가는 소리에도 방방 뛰며 신이 나는 아이에게 첫 비행의 추억을 선물하고 싶어서다. 여윳돈 따위 있을리 없지만 모찌의 세 살 여름과 오늘 가장 젊은 엄마 아빠, 할머니의 시간은 돈으로 바꿀 수 없다.

　제주 섬 동쪽 끝, 초록 잔디가 매끈하게 깔려 있는 이층집을 빌렸다. 이층 창으로 끝없이 뻗은 하늘색 바다가 보인다. 마당에는 작은 축구 골대와 공이 놓여 있다. 사진으로 보았던 것보다 훨씬 더 단정하고 아기자기한 그 공간에 우리는 모두 반했다. 나중에 돈을 많이 벌면 꼭 땅을 사서 이런 집을 짓자. 이 방은 이렇게 저 방은 저렇게 꾸며보자고 앞다투어 상상을 펼쳤다. 집 안에 있는 나무 계단을 오르내리며 깔깔거리는 모찌를 바라보고 있는 것만으로도 행복하다. 꼭 이런 집이 아니어도 괜찮겠지. 어디든 모찌가 행복하다면, 그곳이 환상의 섬이다.

제주행 비행기에 오를 때만 해도 태풍으로 모든 일정이 취소될 줄 알았다. 초가을에 태풍이라니. 실시간으로 일기예보를 확인하며 가슴을 졸였다. 무사히 비행기는 이륙했지만 첫날 무서울 정도로 비가 쏟아졌다. 이 비가 그치기나 할는지, 괜히 내가 일정을 잘못 잡아 가족들을 고생시키는 것 같았다. 이번 여행은 망했다 싶었다. 이튿날 아침, 거짓말처럼 비가 그쳤다. 축축한 기운은 남아 있으나 그것조차 해가 쨍 하고 뜨자 사라졌다.

감쪽같이 사라진 빗자국. 마치 오랫동안 나에게 새겨졌던 아픔의 자국처럼 느껴졌다. 영영 끝나지 않을 것 같던 고통의 시간은 내 인생의 역대급 태풍이었다. 우산조차 챙기지 못했던 나는 온몸으로 비를 맞았다. 몰아치는 바람에 이성을 잃고 속절없이 쓰러졌다. 남편의 손을 놓지 않으려 발버둥치고 살아내려고 몸부림쳤다. 살다보니 오지 않을 것 같던 아침이 왔다. 남루한 마음에 온기가 차올랐다. 그리고 내 인생에는 없을 것 같던 햇님을 만났다. 아기 햇님 모찌가 우리에게 찾아왔다.

여행의 마지막 날, 해질 무렵 노을을 보기 위해 바다로 갔다. 이동하던 차 안에서 사소한 말다툼을 시작한 남편과 나는 기분이 상해 있었다. 친정 엄마와 모찌는 담담한 얼굴로 둘의 눈치를 보고 있었다.

"그러니까, 당신은 왜 맨날 나한테 그런 식으로 말해?"

차를 세우고 바닷가 모래사장에 서자마자 말을 꺼냈다.

"내가 언제? 당신을 무시하거나 함부로 한 적이 없는데 뭐가 잘못됐다는 거야? 그리고 장모님이랑 모찌도 있는데, 우리 눈치만 보고 있잖아. 좀 화가 나더라도 어른답게 굴 수 없어?"

남편도 화가 났는지 사과를 하지 않는다.

"뭐가 어른답지 못하다는 거야. 당신은 그럼? 당신은 어른스러워?"

나도 질 수 없다. 인상을 찌푸리며 바다로 시선을 돌렸다. 여기까지 와서 우리 뭐하고 있는 거지. 안 싸우고 싶은데 싸우고 있다. 사과하고 싶은데 자존심 때문에 말을 못하겠다.

모래 위에 나뭇가지로 장난을 치고 있던 모찌가 우리에게 다가왔다.

"너희들! 싸우지 마!!"

순간 정적. 이 작은 꼬마가 뭐라는 거야. 당황스러운데 웃기다. 모찌가 즐겨 보는 만화 주인공 슈퍼잭처럼 두 팔을 허리춤에 얹고 인상을 잔뜩 쓰고 있다. 뭐 이렇게 귀여운 생명체가 다 있을까.

"모찌야, 지금 뭐라고 한 거야? 엄마 아빠한테 너희들이라고 하면 어떡해?"

남편이 모찌를 안아 올려 볼에 뽀뽀를 한다. 나무라는 말을 했지만 얼굴은 웃고 있다. 나도 웃는다. 그제서야 모찌도 따라 웃는다.

내 마음대로 되지 않는 아이의 마음 때문에 벼랑 끝에 선 것 같을 때가 있다. 이게 내 한계인 것인가, 속상한 새벽도 있다. 마음을 알아주지 못하는 것 같은 남편 때문에 속이 상하기도 하고 친정 엄마의 방식이 마음에 들지 않아 마음에 없는 잔소리를 퍼부을 때도 있다. 그런데 아이의 한방으로 마음이 녹고 남편의 다독임에 힘을 얻는다. 엄마의 보살핌으로 마음을 놓는다. 우리 삶에 등장한 작은 꼬마 덕분에 전에 없던 파워를 얻는다.

내 인생의 1호 태풍은 지나갔지만 소소한 비와 햇살이 끊임없이 내리고 비춘다. 우리는 그 안에서 마음놓고 싸우고 화해한다. 서로 상처 주고 채워준다. 부족하지만 애쓰고, 가슴 아파하지만 사랑으로 껴안으며 우리에게 주어진 삶을 살아간다. 완성형이 아닌 진행형으로 우리의 이야기를 쌓아간다. 단단한 서로의 손을 꼭 잡고 나아간다. 아픔의 DNA에 서로서로 반창고를 붙여주며, 서툴지만 가족으로 살아간다. 오늘도 안녕히.

내
딸
의

엄
마
에
게

모찌에게 남겨진 편지

●

　모찌가 보육원을 떠나 우리집에 오는 날, 기저귀 상자 하나가 함께 차에 실렸다. 고이 들고 온 상자 안에는 그동안 모찌가 입었던 옷 몇 벌과 기저귀, 칫솔 등이 차곡차곡 담겨 있었다. 소박한 짐 꾸러미에 아무 말도 할 수가 없다. 하나하나 만져보며 먹먹한 마음을 삼켰다. 우리가 선물했던 옷에는 모찌의 이름이 선명하게 적혀 있었다. 많은 아이들을 꼼꼼히 챙기는 것이 쉽지 않을 텐데, 선생님들의 꼼꼼한 배려에 마음이 따뜻해진다.

　그로부터 일주일 뒤 남편이 남은 소지품을 마저 받아왔다.

"여보, 가지고 왔어?"
"응, 한번 볼래?"

　상기된 얼굴의 남편 주변으로 친정 엄마와 나, 그리고 모찌가 둘러섰다. 작은 지퍼백 안에 USB 하나와 배냇저고리 한 벌, 태어날 때 병원에서 채워주는 팔찌가 들어 있다.

"그리고, 가져오지는 못했지만… 모찌를 낳아주신 분이 남긴 편지도 받아 적어 왔어."

"편지?"

"응, 다행히 모찌가 베이비박스에 놓일 때 편지를 남긴 것 같더라고. 우리가 가질 수는 없고 보육원에서 보관해 두신다고 해서, 양해를 구하고 적어 왔어."

생각지 못한 긴장감이 온몸을 휘감았다. 혹여 원망하거나 부정하는 내용이면 어쩌나. 모찌가 읽고 상처받을 만한 내용이면 어떡하지. 차라리 나도 읽어보지 말까. 아직 마음의 결정을 하지 못했는데, 남편의 낭독이 시작되었다.

"아가야, 정말 미안해… 미안해, 세상에 혼자 두게 해서 정말 미안해. 그리고 많이 사랑해…."

짧은 글인데, 듣는 동안 시간이 멈추어버린 것 같다. 눈물이 너무 흘러서 무슨 말을 해야 좋을지 모르겠다. 아무리 어리지만 모찌도 지금 이 감정을 그대로 느끼고 있지 않을까. 안 그래도 눈물이 많은 친정 엄마는 흐느끼기 시작했다.

"장모님, 왜 울고 그러세요? 모찌가 놀라잖아요. 마음 아파하지 마시고 그만 우세요."

"모찌 엄마가 좋은 사람이었나 보다. 좋은 사람이었어. 글만 봐도 따뜻하잖아. 따뜻한 사람이야. 그래서 우리 모찌가 이렇게 마음이 예쁜가 보다."

엄마의 느닷없는 답변에 눈물이 들어갔다. '모찌 엄마'라는 단어가, 그 표현이 가슴에 뾰족하게 꽂혀 아리기 시작했다. 모찌 엄마는 나인데, 왜 모찌 엄마라는 표현을 써야 하는 걸까. 엄마가 누구보다 내 마음을 잘 알면서. 하지만 그 상황에서 친정 엄마를 나무랄 수가 없다. 일부러 그런 것도 아니고, 엄밀히 말해 틀린 말도 아니니까.

하지만 그날 저녁, 불현듯 화가 치밀어 올랐다. 이제 법적으로나 심적으로도 모찌 엄마는 나인데, 남도 아닌 우리 가족이 타인에게 '모찌 엄마'라는 표현을 쓰는 것이 속상하다. 앞으로도 엄마가 그런 표현을 쓴다면 마음이 상할 것 같다.

"여보 있잖아. 아까 엄마가 편지 보고 나서 '모찌 엄마'라고 했잖아. 나 그게 마음에 자꾸만 남아. 그리고 솔직히 말하면 화가 나."

"에이 장모님이 별 뜻 없이 하신 말씀이잖아. 모찌 낳아준

285

분이니까, 그렇게 말씀하신 거지. 잘 알면서 왜 그래?"

"그러니까, 나도 잘 아는데. 다른 표현을 쓸 수도 있잖아. 그냥 낳아준 분이라던가 아니면 생모?"

"혜연아, 생각해봐. 입양을 한 건 우리지 장모님이 아니야. 우리야 입양에 대해 공부도 계속 하고 여러 가지 문제에 대해 어떤 가치관을 가지고 접근할지 고민하지만 장모님은 아니잖아. 어떤 표현을 쓰는 것이 적절한지 전혀 모르실 수 있어."

맞다. 예상치 못한 편지에 대한 당혹스러움이 엉뚱하게 친정 엄마에게 튀었다. 언제나 만만한 것이 엄마라고, 나 아닌 다른 존재에 대한 불편함이 이렇게 드러난다. 모찌가 너무 예뻐서, 정말 간절히 오랫동안 기다려 만난 아기여서 온전히 내 딸이기만을 바랐나보다.

우리를 떠난다 해도

●

우리에게 특별한 방법으로 가족이 늘어났다는 소식이 퍼진 뒤, 알음알음 연락을 주는 분들이 있다. 자신도 입양이라며 뜻밖의 고백을 하는 분도 있고, 입양을 하려면 어떻게 해야 하는지 방법을 묻는 분도 있었다. 조심스러운 데이트 요청도 더러 있었는데, 그날 받은 연락도 그랬다.

"저… 오랜만에 연락 드려요. 가정에 좋은 소식이 있다고 전해 들었어요. 혹시 시간 나실 때 잠깐 뵐 수 있을까요?"

"오랜만이에요! 건강히 잘 지내시죠? 그럼요, 어디서 뵐까요?"

긴장된 얼굴의 그녀 앞에 앉았다. 무슨 고민이 있는 걸까? 서로의 안부를 나눈 뒤 망설임 없이 물었다.

"무슨 일 있으세요?"

"저… 저희 부부도 입양에 관심이 좀 생겨서요. 그런데 그 전에 너무 고민되는 것들이 많아서."

"어머나 그러셨군요. 저도 모찌 만나기 전에 고민이 많았어요. 지금도 많구요. 하하하. 뭐가 제일 어렵게 느껴지세요?"

"음… 왜 그런 말 많이 하잖아요. 잘 키워놨는데 나중에 친엄마 찾아가면 어떻게 하냐고. 저도 그렇고 남편도 그렇고 나중에 아이가 우리를 떠날까봐 좀 두려워요."

종종 들었던 질문이다. 내 안의 대답을 만들기까지 꽤 오랜 시간이 걸렸고, 지금도 마음속으로 연습 중인 바로 그 질문.

"그죠. 저도 그 순간이 까마득하긴 해요. 그런데 아이 입장에서는 당연히 궁금하지 않을까 싶어요. 만약 제가 입양되었다면 저는 매일매일 궁금할 것 같거든요. 엄마 아빠를 좋아하지만, 그 감정과는 별개로요."

"그럼, 나중에 찾아간다고 해도 괜찮으시겠어요?"

"마음은 쓰리지만, 찾을 수 있다면 찾도록 도와주고 싶어요. 그 후의 결정은 아이의 몫이겠죠. 예전에 입양 가족 모임에서 들은 이야기인데요, 성인이 되어서도 부모를 떠나지 않으면 그게 더 문제라고요. 마흔 될 때까지 끼고 있을 거냐고. 자주독립을 하든 낳아주신 분을 찾아보고 싶든, 어쨌든 성인이 되었으니 자신이 하고 싶은 대로 해봐야 한다고. 그리고 생각보다 별일 없이 자기 삶을 계속 살아간다고. 그 말 듣고 저도 마음이 달라졌어요."

서슴없이 대답했지만, 나 역시 자신이 없다. 내가 아닌 모찌 입장에서 내린 결론이기에. 이렇게 자신감 있는 어조로 답하면서 다짐을 다진다.

몇 년 전 예비 입양 부모 교육에서 들었던 이야기가 생각난다. 해외로 입양 갔던 분이 엄마와 함께 생모를 찾기 위해 한국에 왔다. 다행히 입양기관에서 생모의 정보를 확인했고, 다음 날 함께 만나기로 약속이 되었다고 한다. 그런데, 그날 밤 엄마가 하염없이 울더란다. 아들은 '엄마가 싫다면 만나지 않고 돌아가도 좋다'고 했다. 엄마는 '아니라고, 네가 궁금해하는데 당연히 만나봐야지, 멀리서 한국까지 왔는데. 꼭 만나보자'라고 답했다. 하지만 엄마의 눈물은 그치지 않았다. 다음 날 모자는 생모를 만나지 않고 고국으로 돌아갔다. 왜 만나지 않고 그냥 가느냐는 질문에 '이렇게 한국에 와본 것으로 충분하다. 엄마를 생각하니 만나지 않아도 좋을 것 같다'고 답했다고 한다.

우리 모찌는 어떨까? 낳아준 분을 만나고 싶을까. 만난다면 무슨 이야기를 가장 먼저 하고 싶을까. 그때 나도 함께 있는 게 좋을까. 나는 무슨 말을 해야 할까. 어떻게 모찌의 마음을 위로해야 할까. 이런저런 질문을 하다 보니 어느새 이야기 속의 엄마가 되어간다. 아이와 생모의 만남을 적극적으로 돕고 싶은 마음도, 돕고 싶지만 꼭 만나지 않았으면 싶은 마음도 모두 진심이다. 지금은 나 아닌 다른 사람이 모찌 엄마로 불려질 수도 있다는 사실조차 인정하고 싶지 않지만.

아직 시간이 있다. 마음을 다듬어갈 시간이 아직은 많다. 그리고 설령 모찌가 성인이 되어 먼 나라로 독립해 가거나 생모를 찾는다 하더라도 나에게는 모찌와의 추억이 남는다. 나만, 우리 가족만 기억하고 추억할 수 있는 시간들. 그 시간들을 기억하고 곱씹으며 행복하게 남은 시간들을 씩씩하게 살아갈 거다. 그리고 모찌의 삶을 응원하며, 힘들 때면 기대고 비빌 수 있는 엄마로 남아 있을 거다.

내 딸의 엄마에게

●

오래 전 이정애 님이 쓴《내 딸의 엄마에게》라는 책을 구입했다. 입양한 딸의 생모에게 전하는 글을 모아 놓은 것인데, 반도 채 읽지 못하고 접었다. 아이를 혼자 남겨둔 사람에 대한 원망과 불편함이 커서 거부감이 들었던 것 같다. 하지만 요즘, 그 책에 다시 눈이 간다. 그리고 앞으로 만날 수도, 만나지 않을 수도 있는 그분께 나 또한 용기 내어 짧은 글을 전하고 싶다.

내 딸의 엄마에게

안녕하세요,
벚꽃 잎이 살랑이는 계절
모찌를 낳아주셔서 감사합니다.

끝까지 포기하지 않고
견디고 이겨내 주어 고마워요.

모찌는 건강하고 맑고

손끝이 야문 아이로 자라고 있습니다.

우리는 모찌를 통해
사랑을 배워가고 있습니다.

아파하지 마세요
마음도 몸도.

과거가 아닌 현재의
당신으로
행복하시기를 바랍니다.

아이를 갖고 싶었습니다만

"엄마!"

맞은편에서 들려온 우렁찬 소리에 고개를 들었다. 딸아이가 갑자기 나타난 줄 알고 가슴이 덜컥했다. 이른 새벽 출근 길에서였다. 자세히 보니 다른 아이다. 우리 딸과 비슷한 키의 아이. 또래 아이들은 목소리가 모두 비슷한 건지. 하마터면 깜빡 속을 뻔했다. 반대편에서 등장한 아이의 모습을 유심히, 하지만 눈에 띄지 않게 살폈다. 엄마 주위를 꿀벌처럼 빙글빙글 돌며 뛰어오는 아이의 얼굴이 싱글벙글거린다. 그 앳된 얼굴을 보자 우리 딸이 더 보고 싶어진다. 이른 시간에 어린 아이가 무슨 일일까. 궁금하지만 따라갈 수는 없다. 어, 그런데 가는 방향이 같다. 새벽 산책의 종착지인 카페가 있는 건물로 아이와 아이 엄마가 걸어왔다. 우리는 거의 동시에 회전문을 통과했다. 아이는 건물 경비 아저씨께 반갑게 인사를 하더니 이내 엄마에게 뽀뽀를 한다.

"잘 갔다 와. 엄마가 일 마치면 데리러 갈게."
"응 알았어. 엄마 잘 갔다 와!"

아이가 뛰어 들어간 문 위에는 '○○직장 어린이집'이라 적혀 있었다. 일주일에 두 세 번은 들락거리는 건물인데 어린이집이 있는 줄은 상상도 못했다. 고개를 돌리니 건물 뒷문으로 들어온 또 다른 꼬마들이 어린이집 계단을 줄지어 올라간다. 복숭아처럼 솜털이 보송한 아이들을 보자 입꼬리가 올라간다. 우리 딸도 지금쯤 어린이집에 갈 준비를 마쳤겠지. 할머니 손에 맡긴 등원길이 못내 미안하다. 한참을 아이들 뒷모습을 바라보다 카페로 발길을 돌렸다.

누군가의 평범한 일상을 평범하지 못한 시선으로 바라보던 때가 있었다. 내 인생에 아이는 없을 거라고 모두가 합심한 듯 입을 모으던 그때, 누군가의 임신과 누군가의 아이는 내게 절망의 반증이었다. 아이에 대한 질문만 받아도 목이 콱 막혀 도망쳤던 시간들, 입양이라도 권유 받는 날에는 화가 나서 이불을 뒤집어쓰고 나오지 않았던 날들. 어두운 침대에 누워 앞으로 남은 것은 지옥 같은 일상뿐이라고 생각했는데. 아이러니하게도 더 이상 흘릴 눈물이 없고 입가에 기도가 말랐을 때 기적이 남편과 나의 손을 잡고 힘껏 당기기 시작했다. 모든 것을 포기한 순간에 모든 것이 시작되었다. 기가 막힌 시간들이 어느새 끝났다. 나는 엄마가 되었고, 마침표가 찍힌 일상 뒤로 조금 더 편안하게 세상과 마주하는 나를 만나게 되었다.

올해 초 글을 쓰기 시작했다. 기획서나 캠페인 카피만 쓰던 내가 자소서 이후로 처음 내 이야기를 꺼내 들었다. 뭐부터 써야 할지 몰라서 생각나는 대로 적었다. 시간의 순서 따위 가볍게 무시하고 하고 싶은 말부터, 아픈 이야기부터 드러냈다. 단, 개인적인 감정의 쓰레기통을 만들지 않기 위해 맑은 날, 밝은 마음으로만 썼다.

굳이 쓰지 않아도 될 이야기를 쓴 이유는 하나다. 엄마 되기를 꺼려하는 세상에 여전히 엄마가 되고 싶은 그녀와, 아빠가 되고 싶은 그들에게 말을 걸고 싶어서. 지나가는 유모차를 남몰래 바라보며 눈물을 삼키고 독박육아가 힘들다는 친구의 넋두리가 한없이 부럽고 주변의 과도한 관심에 지쳐 깜깜한 어둠으로 숨어 들어갈 수밖에 없는, 그럼에도 희망의 어딘가를 붙잡고 엄마, 아빠가 된 내 모습을 그리는 나와 우리들 말이다.

같은 경험을 하더라도 그것을 겪어내는 개인의 감정은 모두 다르겠지만, 겪어보지 않고는 이해하기 어려운 일들이 있다. 내가 경험한 이야기는 참담했지만 의미 있었고, 가슴 시렸지만 따뜻했다. 특히 딸아이로 인해 수많은 기억들이 재구성되어 감정도 수없이 뒤바뀌었다. 얻고 싶은 답안도 덕분에 많아졌다. 내가 정해 놓은 답대로 아이를 낳지 못했지만 새로운 답안을 얻어 서툴지만 평범한 가족을 이루어 살아간다.

끝이 있기는 한 것인지 갑갑한 이 길 위를 먼저 걷고, 지금 걷고, 또 걸어갈 모두에게 진솔한 이야기를 나눠보고자 한다. 가로막힌 정답 앞에서 울고 있는 당신에게 서툰 가족의 이야기가 늦은 밤, 작은 위로가 된다면 더없이 기쁘겠다. 따뜻한 차 한잔 함께 하고 싶은 마음을 부족한 글귀로 대신한다. 그리고 언젠가 자신만의 정답을 찾아 나가길 진심으로 응원한다. 그것이 아이를 갖는 것이든 그 무엇이든 간에.

+ 더하기

내 손을 빌린 글이지만, 나와 남편, 친정 엄마 그리고 모찌의 이야기다. 난처할 수도 있는 글을 끝없는 지지와 사랑으로 허락해준 가족들에게 모든 사랑을 보낸다.